山海｜文库
Universal Library

真想做一个
晴耕雨读的地主

王祥夫 ——— 著

哈尔滨出版社
HARBIN PUBLISHING HOUSE

图书在版编目(CIP)数据

真想做一个晴耕雨读的地主 / 王祥夫著. — 哈尔滨:哈尔滨出版社, 2021.4
ISBN 978-7-5484-3485-6

Ⅰ. ①真… Ⅱ. ①王… Ⅲ. ①中篇小说-小说集-中国-当代②短篇小说-小说集-中国-当代③散文集-中国-当代 Ⅳ. ①I217.2

中国版本图书馆CIP数据核字(2021)第033643号

书　　名：	真想做一个晴耕雨读的地主
作　　者：	王祥夫　著
责任编辑：	赵宏佳　孙　迪
特约编辑：	古月轩
封面设计：	刘　霄
出版发行：	哈尔滨出版社（Harbin Publishing House）
社　　址：	哈尔滨市香坊区泰山路82-9号　邮编：150090
经　　销：	全国新华书店
印　　刷：	天津行知印刷有限公司
网　　址：	www.hrbcbs.com　　www.mifengniao.com
E-mail：	hrbcbs@yeah.net
编辑版权热线：	（0451）87900271　87900272
销售热线：	（0451）87900202　87900203
开　　本：	880mm×1230mm　1/32　印张：8.75　字数：150千字
版　　次：	2021年4月第1版
印　　次：	2021年4月第1次印刷
书　　号：	ISBN 978-7-5484-3485-6
定　　价：	58.00元

凡购本社图书发现印装错误，请与本社印制部联系调换。
服务热线：（0451）87900278

目录

旧情解构

混搭　002

一炉香　025

方太阳　048

真想做一个晴耕雨读的地主　066

乌鸦帖　088

宽堂先生　129

力群先生　149

何时与先生一起看山　154

也说胡兰成　163

"竹林七贤"的背影　172

岁月包浆

盘玉记　186

虎符小记　192

永和九年砖砚记　203

辽代手镯记　218

山川旧影

后园　　226

雁门关　　230

井冈山漫记　　234

访随园　　238

菏泽印象　　242

秦淮河　　246

燕子矶小记　　249

赤壁小记　　252

鹿野苑下着一点小雪　　255

琴棋台小记　　262

富春山小记　　265

乐山小记　　267

壶口瀑布记　　271

旧情解构

混搭

> 我只在做梦,这就是我生活的全部意义。我唯一真正在乎的便是我的内心世界,我打开那扇通往梦想街道的窗户,看到那里的景象,便忘记了自我,这时候,我最深切的悲伤就消失得无影无踪了。
>
> ——佩索阿

昨晚做梦又梦到父亲,他古古怪怪还是那么年轻,铁锈色保尔·柯察金式的套头运动衣,脚上却是三接头皮鞋,一脸笑,教人发毛。

早上醒来净过头脸坐下吃早餐,对我老婆讲说此事,她嘻嘻笑,说三哥我要祝你做梦成功。我说做梦还有成功不成功,分明屁话。

老婆咽下一口咖啡，说，地下老爷子永远四十九，按岁数此刻该他叫你小哥的。我说这下闻到臭味了，真是屁话。老婆睨了眼，面包皮不要那么乱扔好不好，收好放外边窗台喂鸟。又说，我这话，要你爸做你小弟，顶多也只能算是乱伦。便又笑起来。

父亲活着的时候，某一日，用他那小刀修他的象牙烟嘴，把我和老大老二统统叫来，木壳子收音机里正播放着什么，也不关，叽里呱啦"社会主义好"；过一会儿，叽里呱啦"夹着尾巴逃跑了"。父亲也不嫌吵，对我们兄弟几个开说。

父亲说话总是有些腔调不正，当年的日本翻译我想差不多就这范儿。若说话正腔正调就不是我父亲了。父亲说，人活着，没别的，八字法：柴米油盐，琴棋书画，你们都要好好记牢，去吧。这就完了，没了下文。但我们兄弟几个都习惯父亲这腔调。

再一次，父亲又叫我们过去，这回收音机闭了嘴，屋里倒是静，满地铺着从窗外照进来的阳光，金银满地刺目刺眼，看久了两眼俱是黑的。父亲对我们几个说，我给你们留下的东西不少，吃不了也花不完。所以你们长大了，一是不许入党，二是不许做官，要靠本事吃饭，去吧。这便又是一次。现在想想，这便是父亲与世事的格格不入。那个年月，没人敢这么说道，他偏这么说，这是他的好，亦是他的不好，其实是他的苦海，一语入苦海。哪如热一壶好酒，闲坐闲吃，花生米剥剥。

还有，父亲某一日忽然高兴，把我们兄弟几个叫过去，净过手，铺了薄毡，从小袋中轻轻排出他的商周古玉来。父亲的古玉是一品一袋，然后一是一、二是二地说起，而我的两个兄长偏偏对这种东西不感兴趣，走神了，唯我听得进去，摸摸可以摸的，不可以摸的我知道那是不可摸，便禁住手不动。

再后来几次，父亲不再叫我的两个兄长，如太上老君教猴子样只叫我近前，细细教导我什么是生坑什么是熟坑，再细细教导什么沁什么沁，什么是里沁外皮，为什么玉是凉的玉髓倒是温的，这凉温原是给眼睛看的，与手无关。还有什么什么"千年古玉变秋葵"等等一一记在心上，到后来并不需要捧着本讲玉的书横眉竖眼乱读。

父亲去世前，先是昏迷几天，汤水不进，浑身僵着，唯手指有动静，时时摸索床边。这天，忽然睁开眼睛要说话，家里好一阵惊喜慌张，天上一时像是又有了九个太阳。乡下阿姨急忙端来早悄悄备在一边的滚烫鸡汤，一层油在上边浮光耀金，倒像是没得一点点热气。她想要蹭过来，却又给吓在那里，因为父亲叽里呱啦，细听已不是中国话，而是日语。母亲懂那么一点点家长里短的日本话，却又听不出他在说什么，不像平时，和父亲吵起架来好像日语也挺溜。在那一霎，父亲便是一个日本鬼子。

我的父亲，从小生在日本，一直长到十八岁，然后就来到了山西最北边的这个小城。这个小城紧挨喝酒不顾命的内蒙古，街上常见醉了的内蒙古人，大脸小眼塌鼻子，皮袍大襟上每每有一块地方黑亮如铁，手里尚提着个酒瓶东撞西撞。更常见的是驮煤骆驼在街上慢慢踱过，过去拉骆驼，一个人领七八驮，或十来驮，骆驼不说头，而是驮，一驮两驮。骆驼比人高得多，踱得很慢，慢慢穿过黄草披纷的城门洞，慢慢穿过城外一静如梦的庄稼地，慢慢踱远了。

小的时候，常听外边有人喊："过骆驼喽！"接着就听到"叮当叮当"乱响，骆驼的铁铃铛可真大，翻过来可以做马桶。一过骆驼，大人小孩都跑出去看，看骆驼从门前过，总是七八驮十来驮，又总是来驮煤的。骆驼拉的屎是一球一球的，很小，骆驼那么大个儿，但拉的屎要比骡子啊马啊都小，这亦是怪事。

我们院子里，有个姓李的厨子外号就叫骆驼，这个老李的个子可是太高了，比别人高出一大截，所以他说话走路办事总是弯着点腰，两只胳膊总是朝前耷拉着，疑似猿类而分明又不是。他总是不怎么说话，也没见他笑过，总是好像跟谁在生气，人们在背后都叫他"李骆驼"。

我父亲有一次笑着说，老李要是骆驼也只能是只单峰骆驼。我直到现在都没见过单峰骆驼，我们那地方没有单峰骆驼，来我们小城驮煤的都是双峰。

夏天来的时候，用给我们家做饭的乡下阿姨的话说："骆驼可受老罪了！"天那么热，骆驼身上都是一大块一大块的毛片，说掉不掉，说不掉像是又要掉，就那么在身上捂着。有年冬天，阿姨给我们絮棉裤，用的就是驼绒，驼绒很暖和，现在穿驼绒棉裤的人不多了，也不见有什么地方卖驼绒，过去每到快要到冬天的时候就有人从草地那边过来卖驼绒，不论斤，论包，一包多少钱，买一包，够全家用了。驼绒好像是只能做棉裤，没人用来做棉袄，剩下的，可以做驼绒褥子。

已经有三十多年了，在我们那个小城已经没过过骆驼了。

在满汉全席里，驼峰是一道美味，但怎么个好，说不来。真正吃到那么一口还是在哈尔滨，每人一小碗，被描眉画眼浑身亮片的女招待扭着奉上来，碗里是说肥不肥说瘦不瘦的那么几块，且甚是软烂，看相像是有点不大正经。正想入非非时，我旁边人猛啜一口，分明被烫，又不便吐出，只仰脸大张嘴"弗弗弗弗，弗弗弗弗"，如此好一会儿才咽下。喘过，把腰身平过，方对我小声说，好东西，这家伙全是海绵体，所以好吃。他如此言说，我越发没了胃口，憋了笑，想想，海绵体自己身上原也是有的，只是不在背上长，且日日只被夹在隐秘处，足见其珍贵。一桌人便嘻嘻笑起来，都说海绵体的事，好一阵。忽然又没了声，都拿定了心思将脸伏在碗上对付碗里的海绵体。

再说骆驼，那次在科尔沁草原骑过一回，感觉像是吃错了药。骑前骆驼会趴下来，倒是乖顺，人上去，骆驼便即刻起身，公骆驼是先起前边两条腿，母骆驼是先起后边两条腿，无论公母，骆驼起身都是大颠簸，胆小的会被吓破胆。骆驼不用快跑，一旦慢跑起来也是大风大浪，细眼赤脸的内蒙古人在旁边连说几声"气紧介紧，气紧介紧"，但我哪里会骑紧夹紧，两条腿早已不听使唤，除了担心裆下物件被颠坏，还要时时担心自己别被颠下来，一下子从骆驼上飞出去并不是什么好事。心里那个紧张，又怕给旁边的细眼高颧骨美女看到，还得装着×，但装×也不易，也只有骑在骆驼身上时才会明白没事最好不要去骑骆驼，这便也算是人生大开悟，也可以放在别的事体上，此处不必细说。

又据说骆驼身上多阴虱，钻到裆处一旦安下家来，痒起来不是几年的事,边走边伸手在那地方抓来抓去也许会进看守所。又忽然记起我的父亲有一次从外边带回来好大一块骆驼肉,血腥刺鼻,像刚杀了人大卸了八块。骆驼肉很粗,不那么好吃,但父亲非要吃饺子,放许多大葱,味道终还是铁腥。父亲是别出心裁的人,作为他的儿子,我也时时别出心裁。我做臭豆腐馅儿的饺子,放切碎的马蹄,再放一点点肉,然后再放搅碎的臭豆腐,有人闻了就跑。我乐得一个人享用,此饺子恰好与烧酒成双捉对。管他杏花桃花。

从我出生,自然是天天都要吃饭,而在记忆里和父亲同桌吃吃喝喝却难得有几次。平时父亲总是坐在他的那张桌前,必有酒,菜肴是一两个,最多也就三盘,但样样齐整,汁水却只是味噌汤,味噌汤里又从来都是裙带菜加豆腐,从没变过样。酒照例要烫好,也就是一个白瓷酒嗉子坐在一个白瓷的缸子里。桌上花生米,被父亲"弗"地一吹又"弗"地一吹,三五粒下一口酒,梅老板四平调就是这个板式。四平调地吃着,忽然筷子砰的一声响,人已离开桌,父亲又去拍一盘黄瓜,拍好,蒜味扑起来,满屋子都是蒜臭,父亲先拨一半给我们,另一半他去下酒。

那时,我们兄弟姐妹,只在另一张圆桌上吃,那张圆桌很低,只被叫作地桌,被漆成蛋黄颜色。那年搬家要扔掉它,忽然想起小时家里的风光种种，让人好不悲伤，几乎落泪，又想起父亲也在这张桌上和我们吃过饭，脸上便一凉一凉，胸口那地方跟着紧。说同桌吃饭，也只有过年过节，父亲才会和我们一起，父亲只活到四十九岁，去世时浑身是伤，浅红深紫，额上横着来那么一下又是海昌蓝，是紫药水涂过了头。父亲额上的伤口像是给什么劈了一下，至今不明不白。

父亲四十九岁去世时，眉眼猛看像是三十才出头，自是帅气。高鼻梁大眼睛，看人的时候两眼里满满都是男人的那种妩媚，所以总是招逗得女人们前后左右跟他转。后来见他一张十七八岁时的照片，样子时髦到像是我心目中的可爱小流氓，烫发头，且别有发卡，是一排英文字母。那时我小，倒宁愿想他像个日本浪人，头顶剃光一块，远看像顶了半个鸡蛋壳，想不到他竟然会是这样，让我只觉是自己百般对不起他，怎么会像了母亲，细眼矮鼻。

父亲对新鲜的事物总是充满了好奇，比如，有肥皂可以洗衣，他却偏偏要买来碎纷纷的皂片给自己找麻烦。皂片很不好用，要在水里事先化好；比如贺年卡，他觉得好玩就买很多，对折的那种，只要一打开，里边高闪闪的小屋子、小人就马上立起来，亮蓝金紫的；又比如，他喜欢电动玩具，可以遥控的那种，他就买回来，说是给我那残疾弟弟买来开心，其实是他自己在那里开心。

现在想想，我的父亲其实直到去世也还是个跳来跳去的年轻人。他喝酒从不会慢饮慢酌，是快酒，不出声，一口半杯，年轻人的做派。他吃菜，也不出声，若我们吃饭夹菜弄出大动静，他会猛然说"呵呵，呵呵，呵呵"，我们便左右掉着脸你看我我看你地笑，一时都噤了声，知道吃饭出声是不被容许的。或某日他来了兴趣，围着炉子烤小鱼，那种烂银子般的小白条，到老也只有那么大，成篓地买来，用盐腌过烘干收起来，吃时再略略一烤。父亲像是特别喜欢用这种小鱼下酒。

父亲烤小鱼，会给我们每人几条，像招待客人，吃啊吃啊好吃。

父亲抽烟丝，用什么烟斗我却记不起来了，只记他用象牙烟嘴抽烟卷，老旧的黄铜打火机真是好看，只需用手指轻轻一按，幽蓝的火苗即刻跳出来。

父亲对我的影响是无法说的，比如，那年去白河小镇，在小卖铺忽然看到了瓶装的那种刷牙粉，现在谁还用牙粉？现在恐怕走遍中国也买不到瓶装牙粉，瓶装牙粉竟然让我激动，虽然放在那里也许几十年了都没人买,上面落满了灰尘。我把那十多瓶一下子都买了下来。我说这个好,给张三一瓶,我说这个好,又给李四一瓶,我说这个牙粉实在是好,又一瓶已经塞到王二麻子手里。现在还剩一瓶放在我卫生间的格子上,也不用,供着看,每每如厕的时候蹲在那里鼻酸,想起父亲用这种牙粉在那里擦有机玻璃纪念章,就像是昨天的事,忽然间只觉天地玄黄。

那年我七岁,做了一件事,就是认真学习抽烟,院里的孩子们说抽烟就可以长出胡子,这对我绝对是一种诱惑。父亲在院子里种了许多花,那种大丽菊长得可真高,刚浇过粪水,真臭,我就蹲在花下边抽从父亲那里拿来的烟。忽然,有一只手一下子将我从花丛里拎了出来,那只大手可真有力,是父亲,我年轻的父亲。

为此,我写过这样一首诗,题目为《七支香烟》。

> 我对花朵硕大的大丽菊从小就心存感激
> 那时候我常常可以躲到它们那里蹲下没人会发现我在那里
> 父亲的大丽菊总是一种一片其中真是有很多空隙
> 大丽菊虽然我的情人把它叫作馒头花真是土气

因为它开花硕大有时候会大到让人害怕

红色粉色白色和紫色花瓣都整齐得出奇

那年我七岁对我来说那是一次探险经历

但我既没登山也没出海

我用我的嘴还有鼻子肺当然还有喉咙

去对付那支父亲的哈德门牌香烟

香烟的滋味并不好眼睛那地方感到火烧火燎

我蹲在大丽菊花丛里父亲的大丽菊严严把我遮蔽

香烟的滋味并不好喉咙那地方也感到火烧火燎

我蹲在大丽菊的花丛里准备像父亲那样把它一丝不剩吸到身体里

是谁把我一把提起又轻轻放下是我的父亲，他怎么能那么英俊

我蹲在高高的花丛里父亲怎么发现了我我恨那只猫它为什么总是探头探脑

接下来父亲让我原地不动他笑眯眯，把七支香烟放到了我手里

你把它一次抽掉事情就此一笔勾销否则我要，父亲的手已经举高

父亲在收拾他的大丽菊他把干枯的枝叶和花朵一一摘掉

我继续蹲在那里父亲的香烟真是无趣

我继续蹲在那里父亲的香烟真是无趣

哎呀我的父亲，香烟真正是无趣

才抽完两支父亲的香烟我只觉天旋地转

时光如箭，从此我与香烟无缘

我的父亲你好

父亲的大丽菊你好

那个夏天的中午太热但是夏天你好

我现在去看望父亲，他在坟地里没有大丽菊

每次我都会并排给父亲点上七支香烟并向他致敬

我的父亲你好

父亲的教育方法接近古怪，所以我至今不会抽烟。

父亲古怪，但实际上是可爱。比如，冬天下雪，纷纷扬扬，雪里且有雪柱子在空中搅来搅去，小号龙卷风的那个意思，这个雪不能说小。父亲脱光了膀子只一冲，人已经站定在雪地上，在用雪搓身子。老三老二老大，他这么喊，把我们也都给喊出去，让我们用雪搓脸和手。雪其实是热的，这种感觉只有用雪搓脸和手的时候才会知道。若干年后我冬泳，在跳进结冰的水里的一刹那，浑身像是被针扎，但只需一会儿，周身便热起来。

去年冬天的雪不小，看着雪，忽然又想起父亲，遂停了写字，脱了衣服，赤膊定在阳台上，雪搓棉扯絮一般纷纷扬扬，我只觉脸上凉凉的两条，父亲想让我当个画家，想不到我却做了作家。靠文字挣不了几个银子，养家糊口还得靠卖画，忽然就又想开，在心里对父亲说，写小说、作画二者混搭起来才好，才能让日子过得花红叶绿。

父亲有很多酒友，风高雪猛，团坐在一起喝酒，大家忽然只觉对方是弟兄。父亲的朋友多，但他其实很孤独。冬天到来的时候他带我去滑冰，我坐在那里看他在冰面上滑来滑去，父亲的花样刀是从日本带回来的，厚牛皮鞋，下边的冰刀不是亮晶晶镀镍的那种，而像是涂了一层银粉，用现在的话是亚光。父亲在冰上可以滑许多花样，可以将身子一拧猛地在原地转起圈来，胳膊把自己抱紧，而后再慢慢把胳膊放开扬起，而且越转越快，像芭蕾。

后来我穿着这双花样刀冰鞋穿行于速滑的队伍里有说不出的滑稽，但我的速度绝不会慢下来。那时我才十一二岁，直到在冰场上看到了一场凶杀，虽然那个被捅了几刀的人并没有死，在雪地上留一道血迹,血迹在雪地上只是发黑,倒像是泼了一道墨。我不再去冰场,是因为父亲给我找了画画的老师,给我哥找了弹琴的师傅,他希望他的儿子做艺术家,这样一来我们就都有了事做。

我的工笔老师名叫朱可梅,我跟他学画,是从帮着裁纸、磨墨、兑颜色、拉纸开始。朱先生脾气可真大,有一次骂人,出口竟然是这样的粗话:"你懂个×!"是骂工会刘主席,工会刘主席要他画正月十五的灯笼,不知怎么又说画得不好。朱先生最喜欢的画家是齐白石,不怎么喜欢王雪涛,他说吴昌硕太灰,任伯年笔好但少意境。徐渭是个疯子,容易让人学坏。八大的鸟是漫画,总是在那里瞪人也不好,八大出身虽富贵画却不富贵。而朱先生说他自己画了一辈子都没着落,我不知道朱先生要着落到什么地方去。

朱先生画紫藤的老杆用一种笔,画紫藤的花又是一种笔,朱先生用大笔画很细的线,很小的叶片,而落款却是用小衣纹,小笔写大字,写两三个字,墨就没了,再蘸墨再写。朱先生的题款总是浓浓淡淡直至枯干,很好看。

朱先生画画儿,养花养草,没事拉京胡,一边拉嘴一边跟着动。忽然他不拉了,过来看我,小声说:"这地方交代清楚,这些叶子是这根上的呢还是那一根上的?画画儿别复笔,别描,一描就臭了。写字不能描,画画也不能描。"后来,我已经大了,但还是经常去朱先生那里看他画画儿,朱先生坐着,我站着,我们师生之间没有对坐的习惯,也不敢,是执弟子礼。

我给朱先生磨墨兑颜色。我磨的墨,朱先生用的时候总是说:"合适。"朱先生教学生画画,从来没什么理论。朱先生说:"屁!中国画就是这样一代一代传下来的,我画你看,比任何理论都好,理论是什么?理论是没事在那里嚼蛆!"又说:"赵佶就不画素描!"又说:"学中国画就要先学会磨墨兑颜色裁纸。"

后来,我去大学美术系上课也是从来不讲,只画,画一幅或两幅,学生围在一边看,画完,学生就临这张,便是一课。在课堂示范的那画到最后,往往是哪个学生漂亮顺眼便钤了章送她。画的时候,有时犯嘴痒,自己便先说起来。我对学生们说:"我画你们看,比任何理论都好,理论算个什么?算个……"这么一说我忽然想笑,想起我的老师朱先生来了。学生们在旁边已是一片小笑。我还噤不住声,又小声说:"别笑,理论算个蛆。"

说到此处,忽然想起我那年轻的父亲,一次我画虾子,也是烦了,十节八节地画个不休。父亲忽然断喝一声,怒起眉眼,虾子是那样长吗？便画给我看，说虾子再大也只是七节。父亲下笔一画吓我一跳，竟是笔墨俱佳。

父亲去世多年，他那三十多岁的模样也跟了我多年，父亲竟没让我看到他老的样子，这亦是人生一苦。但千宝贝万宝贝现在我还留着他三样东西，一个核桃木小匾，上边不知是谁的字：菊香书屋。另一个是木盖锅底端砚，木盖上刻一枝梅，我知道那是他的手艺，亦填了石绿。那一枝梅端端在那木盖上开了五十有二年。还有一件是牛皮的印盒，可以穿在裤带上，亦是日本货。有一阵子我把它穿在自己的裤带上，里边放了我的一方闲章，白芙蓉石，明透几乎近冻，直想让人咬它一口，上边浅浅刻四字：好色之徒。这闲章时常上上下下左左右右地钤在我的花鸟画上，后来忽一日打开牛皮印盒取出此章给冯其庸老先生看，冯先生只觑一眼，直接一句话，"不好"。

父亲去世多年，唯有这个牛皮印盒跟着我，有时摸摸，长方一块硬在腰眼上，只觉后边还跟了一个人，虽是父亲，却比我年轻。

多少年过去，但又好像时光还停留在原来的地方，父亲的双筒猎枪，父亲的侦探小说，父亲的象牙烟嘴，父亲的皮夹克，父亲的花样刀冰鞋，林林总总都不知去向，等我想起，一切都已无影无踪，一如满天彩云顷刻随风散尽。

在我的感觉里，父亲总在和我捉迷藏，他突然出现又总是在梦里，他每次出现又总是那么年轻。我明白我现在的一切都是父亲给的，但我与他不同的是不喜欢侦探小说。家里的侦探小说太多，只要书店里有家里必定有，恰好我是有什么偏不吃什么的主儿，什么书都肯看，就是不喜欢侦探小说。记得父亲有一次不知道是说谁，太他×蠢，都是因为他不看侦探小说！记得父亲说此话时外边正在下大雨，猛地一个大雷，焦脆响亮，吓得父亲扶着桌子忙一蹲，若再打一个响雷，人或早已在桌下。

那一次在学校，我给学生示范作画，放大笔画芭蕉，外边的雨只是铺天盖地，天上云如泼一万斛墨，正画到趣处，忽然一个雷，是劈，直直劈下，焦脆响亮，直把人七魂六魄惊散需重新组合才是。我两腿且只一软，手扶画案便是一蹲，只想下一个雷会不会落我头上，旁边的几个女生马上花枝乱颤腰肢扭起来，笑着说想不到王老师这般胆小，做模特是不可能了。我心里却在说，我可真是我父亲的儿子，色色样样怎么都和他一个样。

在学校上课，课后每每学生请酒，虽不醉亦是七七八八话多，学美术的女孩什么没见过，忽然某日某女生先连干三杯，因我有话在先，只说你要连喝三杯让我做什么我就做什么。见那女生连喝三杯脸上桃花杏花胭脂西洋红一丝都没有,便知她好酒量。见她款款把酒杯放下问我,刚才的话算不算数?我只以为一幅画便是结局,倒想不到她竟然不是要画,且两眼含笑又不说要什么,大家便继续喝酒。

下午天快黑,一个电话打过来,便是此女,先问酒是否喝多,然后是笑,说王老师说话要算话,画就不要了,只需给我和×××当一回模特。电话这边的我登时酒醒一大半,喝口茶舒展了舌头把话说过去,也只几个字却虚虚地没什么力气:全模还是半模?对面又是笑,且是两个人的二重笑。片刻,电话那边只说我们穷学生也请不起什么模特,王老师输此一回,劳烦一次当然全模。

我再喝口水,重新舒展了舌头再把话送过去,这次不但是虚,且做贼心虚了几分:当真全脱吗?那边却又没了话,是窃窃地笑,而不是吃吃发声。只这笑声,让我突然胆子又归到原位,这回说话不虚了,舌头也听了使唤:我怕什么,全脱就全脱。遂商定了日子去做模特。

这女生,我后来只叫她小林。我可真是我父亲的儿子。也是那次,示范画一幅梅,小林真是面目姣好,大三学生的风情无法细说,梅画好,周围层层叠叠起一圈儿叫好声,真是一如春水涟漪。虽众人喊好，而那画我却偏偏给了小林，叫收拿我印章包的王马飞给小林盖章，一个不行，再盖一个。

王马飞一边钤印一边唠叨，什么叫好花入眼，这就是好花入眼，入眼。

我亦把声音调到最小，对王马飞说，一切经历，对我来说都是财富；一切经历，对我来说都是财富；一切经历，对我来说都是财富。

王马飞"呵呵呵呵，呵呵呵呵"，看着我两眼笑起来，不再说什么。

至今，早上一起来的写字画画是我那年轻的父亲给我从小规定好了的。每天早上起来，先吃饭，下碗"殿前榨面"，再打个鸡蛋在里边，或吃馒头，来点咸菜或来点油炸小虾皮，或者在馒头上抹花生酱，越多越好，但更多的时候是桂林豆腐乳。茶是必需的，自己吃早餐，不妨花样多些，忽一日早餐想念牛油果，便面包牛油果。但不变的主题是臭豆腐馒头，如果不出门，竟然一大早就吃大蒜。安顿好这些，再净过嘴脸，然后才坐下来画画儿，每每是必先画一只工笔虫子，蜻蜓、蚂蚱、胡蜂、土狗、螳螂、蛐蛐，乃至蜘蛛、苍蝇。或是一张山水，山水费时，画一画就必须张起，王八看绿豆样坐在那里看半天取下再画，然后再张起再王八看绿豆，然后再画，这便是日课。

几十年如此这般下来，然后还要写几幅字。现时写字也只往丑里写，写字这滥事，定是先要往好了写，写成一朵花，谁看了谁爱，但好看的花都一样，不好看的花才各是各的本色。先往好了写，之后是再往丑里写，这丑便是花落果结。画家写字与书家不同，是要字与自己的画合，颜真卿柳公权好，把他们的字题在你的画上好不好？倒让人想起俞振飞与梅老板搭戏，每场下来梅老板都气紧，眉眼不对了，因为掌声都冲着俞老板来，梅老板终也有动气的时候，他对俞说是看你的戏还是看我的戏？俞振飞遂一揖而别。

画家写字，不是要字好，是要字与自己的画合，一如娶老婆，只脸上好是万般的不可以。此语一出，如贴微博上，想必一时会点赞无数。

吃完早餐，净过嘴脸，画过写过，将字与画张在壁上细看一回，自己心里便知公母，书画之道不是你想做什么就做什么，好画只能偶遇，比艳遇都难上十分。这与写小说同理，好的小说也需一头撞到，也一如艳遇，完全无法事先安排。写完画完，然后，才是一天的正经事——坐下来鼓捣小说。在心里，画画儿真还不是什么了不起的事，唯有写短篇小说的时候我才觉得自己像是个艺术家，只是用电脑写作这种感觉被大大打了折扣。

当年写作，唯有纸笔，各种故事七红六绿都是从纸上种出来，说纸说笔，我神经兮兮，是十分地挑剔，人人都用的各种稿纸，我只挑那种淡灰格子的，比如，中国青年出版社的那种大稿纸，可以让你在上边大肆修改，二十世纪八十年代作家写作，简直无一例外，全部靠手写，一个字一个字地写，一个字一个字地抄。

在一次大学的讲座上，是八月，桂花还没开，蝉发狠地叫，正热得紧，头上裆下在过洪峰，也许是热昏了头，忽有人站起傻傻提问：您的第一部长篇，三十多万字，真是一个字一个字地抄？我马上"呵呵呵呵"起来，"呵呵呵呵，呵呵呵呵"，难道可以两个字两个字抄吗？

人们还不知道电脑为何物的二十世纪八十年代，对作家而言真是个辛苦的年代，是，一定要写，是情同耕种，一如老农侍候土地，时间耗到才会有那收获，趴在那里，将背拱起，眼睛近视的，脸几乎贴在稿纸上，一个字一个字地写。

我的第一部长篇小说《乱世蝴蝶》，最后一遍抄完，右手的手掌上留下了厚厚的茧。好多年后，才慢慢退去。说作家的写作是个体力活，可以说一点都不夸张。用陕西某人的话说，是"没有身体，吃架不住！"

作家有写死的，从古到今，不在少数！而现在的写作就相对轻松得多。但我还是怀念二十世纪八十年代，当然我也喜欢电脑，现在我也离不开电脑。这个时代几乎没人不受电脑左右，你去银行取钱，有时候一连去几次，银行的人会用同样的话如鹦鹉般告诉你：电脑出问题了，取汇款不能办。但你要存钱，里边的人马上说：可以！可以！可以！

这是个让人有许多说不完的烦恼的时代，如果电脑一出毛病，作家的烦恼就更大，走出来，走进去，抓耳搔腮。我不大懂电脑，说来好笑，有一年过年的时候，我索性在电脑前上它一炷香，唯愿电脑在新的一年里不要给我找麻烦，不要写一万，再一开机丢五千！朋友看了，"嘻嘻哈哈"拊掌大笑，你怎么不再给它供几个饺子？你怎么不再给它供盘水果？你怎么不再给它供一杯水酒？朋友一路说来，声音忽然调小，要我附耳过去，我却躲，他偏要近过来，我再躲，他又近过来，满嘴酒气，定心一听，原来是一句淡话：你怎么不给它找个小姐按摩？我说你这话也值得这么神神道道？你这话放微信上连家常素菜都不是。

忽然就又想到我年轻的父亲，不知他那边有没有手机。如果有，试想发几个荤段子逗逗他，看他是什么反应。但以他的脾性，我知道他喜欢什么——热壶好酒，花生米"弗"地一吹又"弗"地一吹，说，这个比手撕乌贼鱼干好。

我的父亲，我那总是在梦里出没的年轻的父亲，铁锈色保尔·柯察金套头运动衣，三接头皮鞋，我好有范儿的父亲，你混搭得好！但你最好的作品是我，亦是混搭得好。

一炉香

> 为了生活下去，你必须和大家保持高度一致，让自己变成集体动物。生活没有梦那么自由，你可以想去哪里就去哪里，你可以特立独行想做什么就做什么，活下去的法则是让人十分痛苦的，那就是你必须和别人保持一致，你不可能有自己的面目，你必须要摘掉自己的思想，当你变得和别人一样平庸你就成功了。
>
> ——加缪

母亲去世不觉已有一十二载。有时候觉着还在陪她玩五子棋，外边树上知了发狠地叫，像是已经昏了头。棋子啪的一声，又啪的一声，岁月迢迢真是惊心。现在那个整木的棋盘和那两罐日本的贝壳棋子都不知去了哪里。

我小时临窗写字，微黄毛边纸铺平，我兀自头朝左歪笔朝右倒一幅赖相，母亲也不说我不对，只在一旁轻轻把我肩头一按，说：老三，写字写到把自己忘了才好。

这句话现在想来真是山也高水也长。

最近有人拉我去做采访，先吃喝，李连贵熏肉搭配内蒙古闷倒驴老白干，大家一时好不快活，我却只顾埋头吃那熏猪大肠，真是臭得十分香，这原也是一句人话吗？且不管他！一盘下去且再要一盘继续吃，吃好喝好然后才端正在那里接受采访，一时忽又口渴，左右环顾，及至水拿来，连喝几口，然后才开口讲，我一开口就是"写作要写到忘了自己"。只那一刻，便想通了，竟像是开了天眼，只觉母亲亦可以算是伟大的哲学家，并不是只会坐在那里翻翻鸳鸯蝴蝶派小说，如张恨水、周瘦鹃、秦瘦鸥。

母亲喜欢鸳鸯蝴蝶派小说，鸳鸯蝴蝶派小说也跟她很搭。有一首连续剧的歌词虽是滥，却不难听，"花花世界，鸳鸯蝴蝶"，八个字里满满都是声色犬马金钏绿翠。现在想想，我的母亲真是确确实实生活在一个不应该的时代，虽然人是山青水白中的一枝淡梅，现世却样样都是不应该。我现在没事看张恨水和秦瘦鸥，其实却只是在心中想念我的母亲，感觉是，在替母亲温习鸳鸯蝴蝶派的功课。比如这几天，我捧着书，人仰在躺椅上，背心短裤人字拖，人一时像是没了骨头，只有肉在。隔着漏台的玻璃，外边红红紫紫乱花入眼，也有蝴蝶，在伶仃地翩翩起舞，上上下下地翩然又翩然，忽然一翩不见，只是没有鸳鸯。

不知怎么，此刻就又想起母亲吃药的事来了。小时候家里总是一股子喷香的中药味，中药味就是植物味，闻进去就会觉得好闻，我的鼻子，从小就给母亲的药罐子锻炼出来，只要是中药我就觉着香，管他是沉香没药还是王不留刘寄奴。有时候没事路过同仁堂，会不由自主地一蹬进去，再就是没事路过张一元茶庄，也必然进去兜一个圈子，喜欢那店里满满的茶香，也不买什么，是空手进去空手出来，裹带出一身的药香茶香，亦有满足感。

母亲每吃中药，神情便如临大事，她两脚相交地坐在东墙的那把椅子里，日影在墙上，一大块白，又一大块白，看上去不动，其实在走。桌上是一个豆青的盖儿杯，母亲先把梧桐子大小的药丸捏成细长条儿，然后再兔子屎样捏成一粒粒。然后才一粒粒吃起来，一颗药丸得吃上老半天，每到这时候我就总是很烦，想想，又是烦得没一点来头，字忽然就写坏了。那时的药丸都封在一个蜡球里，不像现在是个塑料壳子，打开那蜡球，里边的药丸还包着一张四方小纸，我眼巴巴看着母亲把那张纸用手铺平，然后开始搓她的兔子屎。

记得有一次，我不知是犯了什么错，被母亲罚跪在那里，说好是两个钟头，但太阳过来，也允许挪一挪地方。我的母亲，从小没有动手打过我，母亲说她一是下不去手，二是打人也累，弄不好翡翠镯子一碰两截更不合适。姑母没事过来打麻将，香云纱声音细碎，翡翠镯子会被褪一褪，一褪两褪褪到袖里以免磕碰，不像现在电视剧，牌桌上八条玉腕横来竖去，白玉翡翠金银镯子明晃晃将桌面敲打得叮叮当当一片乱响。

我们家，从老大到我，小时只要一犯错就被罚跪。有一次，我跪着，忽然脑洞大开，对母亲说，就这么跪，裤子破了怎么办？母亲慢慢翻一页书，也不看我，老半天，才慢慢说，跪破了我给你做新的，不许起来。现在想想，跪在那里一两个钟头，真是比挨打好，什么都会被一一想通，一想通便会知道自己错在哪里。

后来，我做了父亲，有了女儿，想用母亲大人的办法先来整治她一下，给她把规矩从小立下。我老婆早在一边笑得七颠八倒，说这又不是在演《玉堂春》，你要她跪给哪个看？

一九八五年在北京，我和老婆打了一把油纸伞去湖广会馆看赵燕侠的《玉堂春》，大滴的雨在伞上洒落分外好听，是噼啪亮脆。那时看京戏，像赵燕侠这样的名角一张票要二十八元，那时候普通人的工资也就三五十。我是横了心，只想看赵燕侠在台上千娇百媚，而我老婆却偏偏看到人家赵燕侠嘴里掉了一颗牙，一开口唱嘴里果然是一个黑洞，但并不走风漏气。后来我老婆又推我让我看台口那边，那边站了一位老者，是干瘦且小的老头，戴着一副眼镜，而手里又是一副。后来，两副眼镜摆在一起在看台上的赵燕侠，浑身还一耸一耸。肯定是铁杆儿赵迷。这回我憋不住笑，正好台下轰的一阵叫好，才把我的怪笑轻轻掩过。

我老婆对我说，没镶牙就上台唱？怎么她就不镶牙？

及至后来，我见到赵燕侠本人，因为是采访，什么都可以问她一问，尤其是这种扯淡细事，写出来往往会活色生香，好比纸上凭空开牡丹、堂上落金凤，我便问她，她竟然想不起来。后来听人们说赵燕侠出车祸离世，我喝茶带吃萝卜干连夜赶一篇出来，文章发表出来却惹一片哗然，有人对我说赵燕侠此刻还在北京活蹦乱跳，你怎么说人家死，文章既已发出又收不回来，心里便七上八下，从此知道小报的厉害，一不小心就是两脚屎。

再后来，九十岁的赵燕侠和张百发上台清唱，这回虽没缺牙少齿，却唱得走风漏气，不由得不让人承认美人迟暮英雄白头，最是令人伤感。

坊间关于赵燕侠有许多传说,最好听的是江青给她一件毛衣让她穿,而后来见她没穿生了气又跟她要回,这件事好就好在民间气十足,是讲两个女人斗气却不敢斗狠,而且这并不是坊间流传空穴来风,不少人都听赵燕侠自己说过。但我不信,一是江青想必不会那么做,给人家一件毛衣见人家不穿便生气要回;二是赵燕侠想必也不会那么做真就把毛衣掷还,如果真如此,两个女人便都像是二货。

那次在湖广会馆看赵燕侠的《玉堂春》,只《三堂会审》一折,赵燕侠是一跪到底。说到唱《玉堂春》,各种京剧流派里边数赵燕侠唱得最好,她亦真是好跪功,临往起站时,看是有些艰难,旁边的龙套马上过去伸手轻轻一搀,若不搀,还真不好说会是怎样。跪比挨打好,但不比挨打舒服。

我现在若做校长,学生出错,定是让他们只去跪,把自己的脑子先跪开再说。

我的母亲,现在想想,只记得她布衣布裤,海昌蓝、毛蓝,要不就是黑,没什么别的花样。小时候我牵着她,死活不愿去幼儿园,水果糖吃完还是哭,那时母亲还留着两根辫子。这是我对她最早的印象。再后来，她便是剪发，那个时代女人统统是剪发，有花样也只藏在心里不敢玩出来。

日子便日见庸常，街上的人一如流水，过来过去都像是车间产品，是批量生产，灰一片或绿一片，全家人去照相馆拍"合家欢"，其实是谁也都欢不起来，祖孙三代人人手里必须各有一个小红本，一只手拿好贴近心窝，照片上题字却是"大海航行靠舵手，万物生长靠太阳"。去饭店吃饭，交过粮票钱票，到饭口领饭，那碗上必有四字：斗私批修。那时候，无论干什么都是正事，样样严肃得紧，走街上看看，果然是胖人比较少，那个时代，批量生产精瘦的人。去火车站赶火车，从列车窗口往里钻也是井然有序得很，一个钻了一个钻，亦有礼让。那时母亲的身上，却总是清凉油的味道。现在去药店，一看见那墨水瓶盖样的清凉油，母亲往额头上抹清凉油的样子便即刻就在眼前。

抹点清凉油心就不烦了。母亲像是对自己说。

亦像是穿衣吃饭，清凉油跟了母亲一辈子。

我现在保留了几个母亲用过的清凉油盒子，有没用完的，没事打开闻闻，母亲像是即刻就在眼前。

母亲是个什么样的人？我虽是她儿子却好像全然不知。她是个极爱清洁的人，只记得她用白菜叶子擦地板，满地菜叶的绿汁，满鼻子菜叶的清气，那地板果真一如上了清油，是又黑又亮。这样子擦拭地板，每年也就一两次，白菜叶子却会被用去一大堆，这算是细事琐事，却偏偏给我记住。还有就是，那次我去姐姐家，见她满地爬动，手边是一堆菜叶子，登时我就想起母亲来，两眼里不觉满是清泪，只觉她亲，姐姐在那一刻像是忽然变成了母亲。我对姐姐说我叫一声妈你好不好答应一声，姐姐笑了又笑，亦不知用什么话来回答我。

我问朋友们这算不算是遗传？但朋友们都不知道用白菜叶子擦拭地板这种事，只顾各自说自己的淡事，对这种事全然没一点兴趣，我便气闷，接下来他们说什么我都反对，都说不对。那天有朱家角的肉粽，这原是我的最爱，我偏不吃，说糯米夹一条小肉有什么好，朋友们都知道我的脾性，个个笑得东倒西歪。

还有那一年，风声忽然紧了起来，我那姐，这天从外边慌慌张张地回来，用手护住自己的辫子去照镜子，后来却又去找剪子，说自己的辫子还是自己剪得好。我母亲说，这又不是清朝！说完就笑，说错了错了，清朝倒是要人们都留辫子。姐姐对母亲说妈你还笑。街上都在剪辫子。这便是开始。

第二天，姐姐和母亲的头发都变了个样子，母亲的头发从此清水挂面，倒清爽省事。她烫了发，弯着腰在炉子前烘头发的样子虽历历在目,但感觉要比《西游记》还遥远。说到母亲,我再也不知道她以前会是个什么样的人。

现在想想,在我心里眼里她只是一个普通的老太太。剪发头,三十四码鞋的脚,有时候亦穿大襟袄,脚上是一根带,她这样穿戴,我只觉与她的抽烟喝酒一点都不搭界。母亲年轻时抽烟,样子说不上好,也说不上坏,但是有点夸张,我最看不惯的是她从两个鼻孔里往外吐烟,一口烟吸到嘴里,两股烟从鼻孔里出来,我只大叫一声"妈——",她亦不知道我是什么意思,她又抽一口,紧接着两股烟从鼻孔里直冲出来,我又大喊一声"妈——"。她倒问我是不是又肚子疼?宝塔糖可以拿来吃吃,就在那个铁盒子里。我便笑倒。那个上海丽人牌老饼干铁桶,上边的两个美人早已是一片斑驳。

我母亲,五十岁之后便不再吸烟,但过年过节还是会给自己点一支,比如中华,比如凤凰,比如牡丹,比如哈德门,比如大婴孩儿。东北女人大多抽烟,十七八的妞儿嘴里杵那么一根烟锅子不是什么稀奇事,但我只愿母亲不抽烟,看她喝酒我却高兴,有时心里一时坏起来想让她多喝几杯,看她醉倒是什么模样,但一杯杯地和母亲喝,结果是我趴在桌上已经睡过去一半,母亲却端然还坐在那里。

太阳从外边晒进来就像白白的一匹布，茶杯里的热气在日光里又像是一炉香。母亲在看书喝茶，不用问，是张恨水的《啼笑因缘》。这本书，可谓内容丰富，书里夹着蝴蝶，夹着压扁的花朵，花已干枯，但颜色还在，是母亲把它们夹进去。多少年过后，我找到了这本书，小小心心托在手里，只动手一翻，便有压扁的干花从里边掉出来，我只听见一声"妈——"，真是可裂金石的那么一声，从我心中喊出。

说到母亲，是想不到文化上边去的，她无论走到哪里，没人会用稀奇的眼光看她。倒是有过那么一回，我陪她去医院看牙，那时候杨树正在开花，满地的落花，一如毛毛虫，有人捡回去吃，但不知他们怎么吃。母亲要那个小眼睛大腮帮牙科大夫帮她把牙套去掉，所谓牙套就是那几乎是满口的金牙，沉甸甸的，这么折腾一下那么折腾一下，想必那牙科大夫已是一身汗，只听扑腾一声，又扑腾一声，再扑腾一声。总算是取了下来，只是那金牙套已变作几截，放在腰子形的白搪瓷盘里，毕竟是金子，黄澄澄焕然一片。

母亲起身漱了口又坐下，牙科大夫又帮母亲把牙齿用棉球收拾了一遍。

完了吗？母亲问。

可以走了。牙科大夫说。

母亲就那么站起来拉着我往外走，牙科大夫在后边连声说，你的东西，你的东西，你的东西。不要了，母亲回过头，只轻轻三个字，这便让人知道她的斤两。

这件事至今想来，心里总是怪怪的，这怪怪的是我一回头看到了牙科大夫吃惊的神色才怪起来。后来对老婆说这事，老婆先是痴了半天，眼珠转转，说好家伙，那么一副牙套，最少能打两三个马镫戒指。又说，如果打那种面条圈儿的也许就是五六个。老婆还再三地问，那是金子，怎么就不拿回来？我说我哪知道？

那时候，母亲还健在。有一次过节，一家人嘻嘻哈哈，白酒啤酒葡萄酒，老婆就说起这事，说金子现在可真是贵，那副牙套要是拿回来还不打五六个戒指？母亲却早已忘掉此事，倒问一声什么金牙套？现在谁还戴那个？却又一转口说起东北名角唱评剧的男旦"小电灯"，母亲说，好家伙，一出台，一开口唱，满嘴喷出金光来。母亲这么一说，我不由得痴了半天，想不出那是一种什么光景。

后来去西藏，看藏族黑脸的康巴汉子从对面走过来。

扎西德勒,扎西德勒,他一张嘴说话,果然是满嘴喷金光。

看母亲四十岁以后的样子,真不知道她过去是一个什么样的人,她的腔调已经变得和别人完全一样。她的衣服也和别人一样,她一走进人群,你就很难找到她。只有她在家里看她的鸳鸯蝴蝶时不一样。端坐着,一页一页地翻,一世界都是静,母亲看书必喝茶,喝茶从来都是滚烫,一杯茶放在那里,腾腾热气直冲上去倒像是点了一炉香。母亲只喝花茶,而父亲却喜欢在冬天里喝他的黑茶,一大块,用刀子去剐,肩一耸一耸,费老大劲,然后把刻下的黑茶放在一个很大的瓷缸里去煮,父亲一天的功课都在那大茶缸里。那大茶缸我两只手才勉强端起来,有时候母亲会在里边给我煮一个鸡蛋,从早上煮到晚上,鸡蛋的颜色不但变红,也十分硬,真是有嚼头。这就是炉子的好,这倒让人怀念炉子。

父亲喜欢喝热酒,烫酒的时候也会用那个缸子,把酒嗉子放在缸子里,缸子里可以同时放两个酒嗉子,喝光这个再倒上那个,酒总是热的。母亲有时候也会跟着喝一杯,脸即刻会红起来。父亲和母亲喝了酒,便开口说东北的事,句句都是山高水长。

父亲有一次喝多了,对母亲说,想不到我把你带到山西,就这么半句,下边没话。母亲却跟着说一句,人就像是灰尘,也是半句,便也不再说了。

我后来写小说《尘世》,便是写母亲。冬天的时候,某一天,天冷极了,外边下着大雪,母亲搂着我那残疾弟弟在外屋的炕上睡觉,我也爬上炕,却见泪水在母亲的脸上是闪亮的两道。我虽小,却心里一惊。

母亲有时候生了气,骂人亦是不会骂,数落人亦是不会,翻来覆去只是这么几句。我走,我走,我走。也不知母亲要走到哪里去。还有几句是这样,你们王家没好人,你看看你爸,啊,你看看你爸,东北的那个女人还想来找你爸,啊,你们王家就没一个好人!东北那女人……母亲是在说父亲,但害羞的好像是我,我忽然只想将身体缩小,缩成一个小团儿才好。但我忽然笑起来,小声对母亲说,你不是我们王家的媳妇吗?这便是大人的口气,母亲忽然哈哈大笑,不再气了,从柜橱里挖一勺炼乳给我吃。

母亲从东北带过来的箱子,一二三四五,都是樟木的,有一个上边写着三个毛笔字,可真是娟秀好看,这三个字是"冷亦秋"。我问母亲这是谁？母亲想想，亦不回答。到了老年，母亲过八十岁生日，我们敬她酒，她亦是一杯杯地喝，母亲八十还只喝白酒，喝到后来，母亲说，想不到老三现在是作家。也是喝了酒，母亲遂说起自己当年也想当作家的事，只是那几年鸳鸯也不对蝴蝶也不对什么都不对，母亲也是喝多了，对我们几个又说她还给自己取了一个很好听的笔名。

我看着母亲，一笑，马上明白过来，但我只是笑却不说。心里已经知道母亲的笔名是什么了，母亲问我笑什么，我还是只管"嘿嘿嘿嘿"笑，就是不说，只觉那名字，哈哈哈哈，还真不好说。想不到母亲当年亦是个诚心诚意的文学青年，我在心里"哈哈哈哈"，同时默念"冷亦秋"这三个字。

再说那五个樟木箱子，几次搬家早已不在，而那三个墨迹淡淡的字，那么娟秀，总在我记忆里，总觉得那三个字上边浮满了一个人的梦想。也是那次母亲过生日，我送母亲一只翡翠镯子，估计是染色的，发狠了绿。母亲是见过东西的人，只在手上略试一下，后来再没见她戴过，不知被她轻轻一撂放在了哪里。再就是，我发心想让母亲穿一回团花缎，八十岁了，穿来想必好看，我便想让她穿，买来料子找裁缝细细做起来，母亲也只穿一回，说不上好，也说不上不好，只见一片闪闪烁烁，后来便不再见这件衣服。

　　过年过节,母亲必和我们喝酒,我接母亲到家里,也必和母亲喝两杯。那年我在南京玩,整天也就是吃喝看黄片,盐水鸭一下,鸭血粉丝汤一下,鸡鸣寺素面一下,秦淮河船菜一下,去了好久,直到后来家里晚上进了贼我才匆匆一头赶回。回来母亲便让我喝酒,是又怕我喝又想让我喝。我写一文如下,只记写此事,文章说不上好,但我每读眼睛必湿。

　　母亲是一天比一天老了,走路已经显出老态。她的儿女都已经长大成人了,各自忙着自己的事,匆匆回去看一下她,又匆匆离去。往日儿女绕膝欢闹的情景如今已恍如梦境,母亲的家冷清了。

　　那年我去南京,去了好长时间。我回来时母亲高兴极了,她不知拿什么给我好,又忙着给我炒菜。"喝酒吗?"母亲问我。我说喝,母亲便忙给我倒酒。我才喝了三杯,母亲便说:"喝酒不好,要少喝。"我就准备不喝了。刚放下杯子,母亲笑了,又说:"离家这么久,就再喝点儿。"我又喝。才喝了两杯,母亲又说:"可不能再喝了,喝多了吃菜就不香了。"我停杯了。母亲又笑了,说:"喝了五杯?那就再喝一杯,凑个双数吉庆。"

说完亲自给我倒了一杯。我就又喝了。这次我真准备停杯了,母亲又笑着看看我,说:"是不是还想喝?那就再喝一杯。"我就又倒了一杯,母亲看着我喝。"不许喝了,不许喝了。"母亲这次把酒瓶拿了起来。我喝了那杯,眼泪就快出来了,我把杯子扣起来。母亲却又把杯子放好,又慢慢给我倒了一杯。"天冷,想喝就再喝一杯吧。"母亲说,看着我喝。我的眼泪一下子涌了出来。什么是母爱?这就是母爱,又怕儿子喝,又想让儿子喝。我的母亲!

我搬家了,搬到离母亲家不远的一幢小楼里去。母亲那天突然来了,气喘吁吁地上到四楼,进来,倚着门喘息了一会儿,然后要看我睡觉的那张六尺小床放在什么地方。那时候我的女儿还小,随我的妻子一起睡大床,我的六尺小床放在那间放书的小屋里。小屋真是小,床只能放在窗下的暖气旁边,床的一头是衣架,一头是玻璃书橱。

"你头朝哪边睡?"母亲问我,看着小床。我说头朝那边,那边是衣架。"不好,"母亲说,"衣服上灰尘多,你头朝这边睡。"母亲坐了一会儿,突然说:"不能朝玻璃书橱那边睡,要是地震了,玻璃一下子砸下来要伤着你,不行不行。"母亲竟然想到了地震!百年难遇一次的地震。"好,就头朝这边睡。"

我说,又把枕头挪过来。待了一会儿,母亲看看这边,又看看那边,又突然说:"你脸朝里睡还是朝外睡?""脸朝里。"我对母亲说,我习惯右侧卧。"不行不行,脸朝着暖气太干燥,嗓子受不了,你嗓子从小就不好。"母亲说。"好,那我就脸朝外睡。"我说。母亲看看枕头,摸摸褥子,又不安了,说:"你脸朝外睡就是左边身子挨床,不行不行,这对心脏不好。你听妈的话,仰着睡,仰着睡好。"

"好,我仰着睡。"我说。我的眼泪一下子又涌上来,涌上来。我没想过漫漫长夜母亲是怎么入睡的。我的母亲!

我的母亲老了,常常站在院子门口朝外张望,手扶着墙,我每次去了,她都那么高兴,就像当年我站在院门口看到母亲从外边回来一样高兴。我除了每天去看母亲一眼,帮她买买菜擦擦地板,还能做些什么呢?我的母亲!我的矮小、慈祥、白发苍苍的母亲……

我是母亲的儿子,但我实在不知道母亲到底是个什么样的人?只记得她到了老,和别的老太太像是一模一样。一如春季好花,开时各有红紫芳菲,一旦落去,便叶也不是叶枝也不是枝。

说到母亲,我又想起两件事。

那年风声渐紧，家里把该扔的扔掉，该烧的塞在炉子里，烧母亲年轻时的照片时，母亲好生不舍，轻轻说，给我留两张吧，我亦是想看一看母亲年轻时候是什么样，拿过照片看却吓一跳，是旗袍，是蕾丝，是高跟鞋，是法国帽，是长到胳膊肘的玻璃丝手套，母亲和她的闺密手拉着手，母亲曾对我说过这是什么什么姨，那是什么什么姨。但只是看看，那照片只被我的兄长一把抢过就塞到了火炉里，后来母亲再三说起此事，说那些相片留几张多好，也是个纪念，说完这话便是一声长叹！

再有就是那次收拾母亲过去的衣服，亦是让人不解也让人吓一跳，高跟鞋玻璃手套，各种衣服都是洋货。这些衣服现在想起没有一件能和母亲对上号，真不知母亲当年是什么样的人。只感觉母亲是乔装打扮要人认不出她，有意让自己像是车间批量生产出来的产品一样，灰蓝黑地活在这个世上，一旦走到街上，即刻让人再也找不到她。

我心目中的母亲，只有她在家里喝茶读她的鸳鸯蝴蝶才像是我的母亲，才是她的腔调。那场景，已经永远定格在我的脑子里。那日光，一如一匹白布从窗外挂进来，那杯热茶冒上热气来，在太阳里倒像是点了一炉香。母亲读书，上教会学校，想必是另一种样子，但到了后来，她几乎完全变成了一个乡下的老太太。与之不同的是，她出去散步，拄着我给她买的那根竹杖，总是要来到窗外的花圃去看看花，或掐几朵，却再也没有心情把那花朵夹在书里，夹在张恨水的故事深处。

我是我母亲的儿子，但我直到现在都不知道母亲的事，不知道那个时代要把人变成什么样子才会停止。母亲去世多年，若写一部大书想必有无限的苦在里边。前不久写一篇小文字，文字里心心念念都只是母亲。

在白天，我是永远也看不到母亲的，即使我坐在阁楼上乱想，母亲亦是不在，但到了夜晚，母亲便来了。十多年过去，我只觉得母亲还在，只不过不知道她白天去了哪里，只有到了晚上我们母子才会见面。想起母亲，原计划是要写一本关于母亲的长篇，但也只是想，一旦坐下来，心里竟是空旷无比，但又满满的都是思念。这篇文字，亦算是我的一声长叹。

母亲去世已经有十多年了，但我觉得母亲是永远不会离开的，我只不过是不知道她白天去了什么地方，但到了晚上，母亲总是和我在一起，我知道那不过是梦。在梦里，母亲总是对我说这说那，絮絮叨叨，我喜欢母亲的絮絮叨叨。母亲总是坐在我对面，母亲的容颜没什么变化。

这么多年来，一到晚上，母亲总是会出其不意地出现在我的面前。比如，母亲会忽然出现在厨房里，在给我做饭，围着她经常围的那条围裙，在擀面条，灶台那边的水已经开了，蒸汽腾腾的。我说，妈，水开了，母亲说，知道了，你去放桌子。我把筷子和装满菜的盘子放在了桌子上，还没等吃，梦往往就醒了。

再就是，母亲这天忽然又出现了，她在窗外的花池子里挖了一株草茉莉，她说要把它栽到花盆里去，母亲最喜欢那种鬼脸儿的草茉莉，也就是那种粉色的花瓣上有紫色的斑点的草茉莉，我对母亲说，这能栽活吗？母亲不说话，已经在往家走了，走在我的前边。我紧跟在母亲的后边，母亲拄着拐，却走得很快，我怎么也跟不上，一眨眼母亲已经在那里种花了，再一眨眼，母亲种在花盆里的花已经开了，开了许多。

我忽然明白这是在梦里，我希望母亲在梦里多看我几眼，也希望母亲多跟我说几句话，但梦忽然醒了，三星在天，是凌晨的时候。我坐起来，从这个屋走到那个屋，再从那个屋走到这个屋，母亲的床还在，还有母亲用过的床单，还铺在那里，母亲用过的枕巾，也还铺在那里。我躺在上边，我能闻到母亲的气息，眼泪却流了下来。母亲去了哪里？母亲去了哪里？母亲你究竟去了哪里？

比如那一天她突然又出现了,带了一块很大的蛋糕,我说您给我买这么大一块蛋糕做什么?母亲是走了远路了,满脸都是汗,而且有点气喘,她气喘吁吁地坐下来,坐在我的床边,已经是夏天了,我说您热吗?赶紧喝口水,谁让您买这么大一块蛋糕?谁让您提这么大一块蛋糕走路?在梦里,我忽然生气了,每逢这种时候我都会生气,我不要母亲走远路,我不要她在这么热的天气里在外边走来走去,我气了,我大声和母亲说话,用很大的声音对母亲说话。母亲的声音却很小,她说,你明天要过生日了嘛,过生日总要吃生日蛋糕嘛!母亲看着我,笑眯眯地看着我,说,老三,明天是你的生日你忘了吗?直到此刻,我在梦里才忽然明白母亲已经去世了,这不过是个梦。

但怎么,母亲又会这么真真切切买了一块蛋糕出现在我的眼前?我想问问母亲,但梦突然中断,我再想和母亲说点什么都来不及,此时已是半夜。我把床头的日历拿过来看看,日历告诉我明天就是六月三十日,可不就是我的生日,我感觉我的眼泪已经再也止不住,怎么也止不住。梦是什么?我一遍一遍地问自己,梦是我和母亲母子相会的地方,我想念我的母亲。

白天,母亲究竟去了什么地方,只有晚上,我才有可能和母亲相见,母亲离开我已经十载有一,寒往暑来,我现在越来越觉得她根本就没有离开过我,只不过是她白天去了别的地方,到了晚上,她又会回来看我,她的容颜没怎么改变,她对我的爱也没变。

母亲,我的母亲。

前年搬家,几个箱子要从母亲的房间里搬出来,我又从箱底找出了几本压在被子褥子下边的张恨水,拿起其中的一本,忽然从里边哗哗啦啦掉出许多花花绿绿的东西,弯下腰看,这一次不是压扁了的各种干花,而一张张都是过去的糖纸,黄色的老义利虾酥糖糖纸我是认识的,其他的花花绿绿我都不认识,我知道这是母亲当年把它们夹在书里的。诸多细节马上扑面而来好不叫人伤感。

我现在,当然知道母亲当年应该是个什么样的人,但真正活在世上的母亲又是另外一个人,社会这部大机器真是可怕,可以把一个人变成这样或者是那样。在那一刻,我闭上眼,就好像看到一大片人过来了,是灰色的;又一大片人过来了,是蓝色的;再过来一批,又是黑色的,都是车间批量生产的那种,齐齐地走在我无边的伤心里。我只是不知道我的母亲在哪里,在那些人里,再也看不到她的存在。

而我坐定，闭上眼，就像是又看到母亲在那里坐着，在读她的鸳鸯蝴蝶，手边一杯茶，身背后墙上是从窗外打进屋里的一道阳光，那阳光可真像是一匹白布，那杯茶的热气无定地腾上去，腾上去，倒像是真的点了一炉香……

方太阳

那天我问小弟,天上的太阳是圆的还是方的?

小弟眼睛一时看了别处,停了好一会儿才蛮有信心地笑着说:"方的。"

小弟这么说,我亦不说他错,心里忽然有些凄楚。忽然又在心里埋怨起父母来,那时候,何不让他去读几天书?但一想,又替父亲在心里开脱,我这小弟,从小就没有站起来过,他的行动工具只是一个铁管凳子,他只能搬着它来来去去。很小的时候,他会很欢快地搬着凳子在地上爬,但绝对不能说那是跑,"咔嗒咔嗒"过来,"咔嗒咔嗒"过去。声音一时在东一时在西,居然让人感到欢快——那种很不是滋味的欢快,但也只是在屋子里,因为从小到大,他很少出屋子。

小时候,父亲还经常会把他抱那么一抱,抱到院子里的竹躺椅上去晒晒太阳,那时候的人们都相信太阳光真能给人们的身体增加钙，但晒来晒去终于还是没有晒出个什么结果。后来父亲便带着他四处去求医问药，这可苦了小弟，中药是一罐子一罐子灌下去。药渣都堆积在门口，我蹲在那里把它扒拉来扒拉去，从此记住了"没药"和"地龙"这两种，但没一样好看。

看小弟坐在那里一口一口喘息着喝药，只觉那是他被苦难奠基了的勇敢。或者是父亲带着他不停地去医院，医院给他的两个脚腕处扎下针再埋下什么，一次又一次，直把他疼得嘴一咧一咧。时光很快过去，小弟最远的一次出远门也就是被家大人带着去了北京，去看他的那两条腿。从北京回来，全家都沉默了许久，因为北京的大夫说小弟是乙型脑炎后遗症，根本就不是什么小儿麻痹，所以那些年一直在吃药都是白吃，且真是受苦，那几年在小弟的双腿上这么鼓捣一下那么鼓捣一下也都是瞎来。

小弟真是生下来就开始受苦。这让我想起小弟在两三岁的时候，母亲还在工作，照看我们的阿姨出去有事，就直接把小弟扣在那个木头的大澡盆子里，小弟龟缩在里边也不敢吭声，我在外边敲敲打打，问他："黑不黑？"他在里边说："黑。"我说："你一个人在盆子里被扣着怕不怕？"这么一问，小弟便在里边哭了起来。

那个阿姨,总是这样把小弟扣在盆里,那个大木头澡盆一个大人才能勉强把它扛起来。那时候,我们全家都用这个澡盆洗澡,先是父亲洗,然后是母亲洗,再接着是我和哥哥。小弟就被扣在那个澡盆子里,有时就睡着了,那阿姨还对我横眉竖眼,说:"不许对你爸你妈说,说了不给你吃糖。"说着,把一粒黄油球狠狠塞给我。

我对她也狠狠地说:"我不吃你的糖但我也不说!"

那个盆子,对我们来说其实是个小型乐园,比如,刚抓来的小鸡会被放在里边,喂小鸡吃的切碎的菜叶子和泡过的小米就放在盆子里。有一年,父亲一高兴养成了四只小黄鸭,盆子里放了水,小鸭子就在盆里游来游去。那时候家家户户都会养些什么,鸡啊鸭啊,还有养猪的,那时候的城市,别下雨,一下雨路上就都是黏的。我的小弟,其实那个阿姨不用把他扣在里边,直接把他抱在盆子里他也出不来。六七岁以后,小弟就很少出门,几乎是不出。这便是我的小弟。因为不会走路,他一直就像个小孩儿。

小弟长到十多岁的时候,那个阿姨突然风尘仆仆地来看我们,这个阿姨,可真是老了,头发都花白了,她带来一个手巾包儿,包里是红枣和柿饼子,她居然想抱抱小弟,却已经抱不动了，她对小弟说："你可受苦喽。"说话的时候我看见她的眼里都是眼泪。

我悄悄去问母亲，阿姨为什么哭？母亲小声说大人的事小孩别管，但还是小声告诉了我，她男人死了。我说好好儿的怎么就死了呢？母亲的声音就更小了，说给枪毙了，这可把我给吓得不轻。后来才知道她的男人在食堂工作，而食堂里呢，总是丢这丢那，整袋子整袋子的面粉就没了。母亲又小声说："记住，饿死不做贼，穷死不下盗！"母亲还有一句名言，是："宁让心受苦，不让脸受热！"

那一年，为了小弟的病，母亲不再工作，从此便是家庭妇女，一根带鞋，大襟袄，剪发头，头发上的卡子倒是和别人不同，是象牙卡子，米白米白。

说到小弟，他原是给父母惯大的，家里最好的东西都要先给他吃，最好的玩具都是他的，吃饭的时候，直到母亲八十岁之后，都是先给他的碗里夹满，肉啊菜啊鱼啊，堆在碗里尖尖的。我对母亲说："您别夹，他自己会夹。"有时候我生了气，对母亲说他又不是三岁小孩，但没有办法，每次吃饭，母亲必要先给他夹，一夹，必又是一碗。吃饭的时候，母亲在上座，小弟只能坐下首，是面对面，桌子又大，母亲站起来给他夹，很吃力，把身子探过来,再探过来,一边夹一边说:"你死吧,你死了就好了,看我死了谁给你夹。"

我让小弟坐在母亲身旁,母亲却又说:"没那规矩!"小弟吃饭很慢,往往我们吃完了,他还在那里吃。到了后来,他一天比一天爱酒,他一边吃一边喝,吱的一声,又吱的一声,我喝酒只是大口,不会嘬,也不会出声,至今都不会,学习过,还是不会。小弟嘲笑我不会,对我说:"我这才是喝酒。"我对他说:"到一边去!"让他到一边去,他能去到哪里呢?

母亲去世之前,曾悄悄对小弟说:"你以后就跟着你三哥。"母亲去世后,小弟把这话说给我,我一时满脸是泪。忽然想起那年,父亲去世前几天,人好像变得狂躁无比,其实是心苦,忽一日不知为了什么,父亲一脚一脚地踢小弟,我在旁边可真是吓坏了,我在父亲的目光里看到了绝望。现在想想,父亲是想让他的这个儿子死,但没过几天,父亲便去世了,人被白床单盖住了全身,躺在医院的那张床上,外面树上的乌鸦时不时地叫两声,一声又一声,一声又一声。病房外的那棵树可真大,遮得太阳一点都不见,满窗只是绿,偶有太阳从树叶的缝隙里筛进来,竟也是绿。那几只落在树上的乌鸦可真是黑。

"准备后事吧。"那个矮个子女护士对母亲小声说。

"乌鸦,你没看到乌鸦?"

母亲去世时已经八十五岁,母亲去世那夜,在我,是天地都有震动,是怎么也睡不着,是浑身火炽但又没有发烧。那时候我住前边的那栋楼,母亲住在后边,也是为了照顾母亲和小弟,所以在后边又给母亲和小弟买了一套房子,两间卧室加一个小客厅,小弟那间屋接着一个阳台,阳台外边是个小花园,花圃里是民间的凡花凡草,花开时节亦满满都是民间明晃晃的绮丽和红红紫紫。

我那夜睡不着,翻来覆去神思大乱,既睡不着,便早早起来去遛狗,那狗说来也怪,不拉也不尿,一头朝母亲的家那边跑去。以前,每天遛狗我都是在院子里先走一圈儿,让狗把屎尿放尽,然后才去母亲那里再看一下。

我去了母亲那里,进了家,便觉异样,说不出来,却已感觉到,母亲躺在那里,头歪着,下巴有点下垂,嘴微张着,人已过去多时。我只大喊一声,声音是惊动三界,嗓子忽然便哑掉,我对睡在另一间屋里的小弟沙哑地说,母亲去世了。小弟木然,不说话,脸上也没表情,我知他心苦,也知他不知该说什么。我把手放在他手上,冰凉的。

从那天开始,足足有半年,小弟没再进过母亲那间屋,也不看电视，母亲去世半月余，他一开口，我突然又想笑，但又不敢笑，仿佛若是笑便对不起母亲。小弟说话时，那神态很绝，两眼不知看着什么地方，手举起来，勾着，螳螂拳的架势，扬一扬，虽僵却像是有力道，又像极李沧东电影《绿洲》里的那个女角，小弟庄重表示，母亲去世，半年不能有娱乐活动。我便在心里又笑，现在想想又是苦，我不知道小弟的心思。

从母亲去世那天数起，整整有半年，小弟不看电视，只在他那间屋里呆坐，参禅不是参禅入定不是入定，一肚子什么心事谁也不得而知。或把脸对了窗，窗外是阳台，阳台上还是窗，太阳一重重地照进来，满窗都是树影，摇来晃去，那是夏去秋来的季节，忽然落叶哗哗啦啦，不觉已是深秋。

母亲去世那天有异象，就是中午要吃饭的时候，家里人去做饭，无论发生了什么事，总是要吃饭，把那口母亲经常用的炒锅放在灶上，倒了油，一铲子下去，轰地竟冒起三尺多高的火来。一家人只以为是煤气灶出了问题，手忙脚乱好一阵，才明白火是从锅里腾腾而起。那口锅不知怎么忽然被铲子弄出个大窟窿，油全部漏到火上，饭是吃不成了。

这真是异象，无法解释。锅被铲子弄出个洞也像是有定数，却恰恰就在那一天，屋里一时谁也看不到谁，母亲却静静躺在那里，虽无声息，我却只以为是她在做这件事，为什么这么做？我问自己，终没有答案。

　　从此，小弟便一个人住在那套房子里，我的兄长给他买来那种电热锅，把插头插在插座里就不用往下拨，热饭的时候只需轻轻一按按钮，原是为了方便小弟热饭，虽然我们天天都会按时把饭送过来，但总有忙得走不开的时候。但我发现小弟根本就不用那个电热锅，后来发现电热锅的插头被扯坏扔在一边，问是谁做的，小弟说："我就是不用，我要是学会了用你们就不过来了。"还有就是电话，请工人过来给小弟那里安了电话，我对他说有什么急事你就打个电话我马上就过来。但没过几天，电话线亦被扯断，小弟还是那句话："我就是不用，我要是学会了打电话，你们有什么事打个电话就了事就不过来了。"这真是让人哭笑不得。

　　北方的春夏之交，总有几天大风沙，是直刮得胡天胡地，是坐在这个楼里忽然就不见了对面的那个楼，可真正是"雾失楼台，月迷津渡"。如果有所见，也只是对面楼窗蓝幽幽鬼火一样的灯光照过来，是地狱景象，这样的天气即使是大白天也要开灯。

这一天，便是这样的大黄风，中午我捂了鼻子和嘴疾走去小弟那里，他兀自坐在那里已经是土人，早上起来我去开的窗仍然大开着，南边的窗和北边的窗统统对外开放。窗子不高，小弟要是去关是很方便的，但他不去关，家里已到处都是尘土，床上地上桌上柜子上，这真是让人愤怒极了。

我问小弟为什么不去关窗。他一声不吭，再问，还是不吭声，再问，是没话。我径直走开，气不打一处来。我想不出他是什么心事，那么大的黄风，是黄尘沸沸，怎么会不去把窗关一下。我在心里说他不小啊，已经大了啊，怎么回事，也只是气，越想越气，这天中午就想不给他吃饭，让他长个记性，但后来还是他取胜。我气过，觉得自己不该动气，便过去，把家收拾一遍，扫了，再用干布擦，干布过后是湿布，把整个家从黄土里给拯救出来，地下的土，扫出半簸箕，小弟呢，是自己洗，坐在那里把脸噗噗噗噗先洗过，用毛巾把头发拂过来再拂过去，左拂右拂前拂后拂，一盆水已是澄黄。

然后，我去买鸡腿，街边的烤鸡腿，两条，红赤赤硬邦邦的，再给他一个牛栏山二锅头，让他慢慢喝起来，倒像是慰问前线伤病员。心里却说平生有这样一个废物弟弟也算是认了。但他喝着酒吃着鸡腿忽然又有了新想法，他说这几天小萝卜下来你怎么不弄来给我蘸酱吃吃，又说小黄瓜也可以。我一拧身离开，心里便又气起来，回来的时候却神使鬼差手里是两把在南京叫作"杨花萝卜"的那种水萝卜。我只觉着屋里是坐着我的一个师傅或是我的长辈。说来也怪，小弟和母亲在一起生活四十年，耳濡目染，说话的方式口气完全是我长辈模样，并不是兄弟。

"去，弄点酒来。"

小弟这声音对我来说可真是魔幻，我只觉得是我的父亲在那里发话，睁睁眼，便让人生起气来。我对他说，"你是谁，你对谁说话，要你喝尿！"小弟嘻嘻笑，说："哪有你这么说话的，去，弄点酒来。"过一阵，真是神使鬼差，我去趸了一趸，手里便是两瓶牛栏山。我承认他是有魔法的，这个魔法只要他轻轻地一施，我便魂不附体去做了。他比我小两岁，小时候就这样了，他动不了，只能坐在那里指挥我，向来是他说我做，好像已是铁的纪律，好像永远不能更改。

有一阵子，他喜欢热带鱼，我便去花花绿绿搞一缸摆在窗台上。看他喜欢我便亦是喜欢，有一阵子他喜欢上了一只白色的波斯猫，"猫啊，猫啊"，他不停念叨，我便养给他，那猫到了春天便寻找爱情，忽然上到了很高的烟囱却下不来，叫了一夜，又叫一夜。小弟便对我下命令，说："去，把它给我弄下来。"我便去爬烟囱，那天天上的云很是黑恶，但好在没有电闪雷鸣。

后来他什么也不再喜欢，却只喜欢酒，是有酒必欢，我也总是笑嘻嘻地看着他喝酒。便什么酒都拿给他喝，无论是茅台还是五粮液还是老白汾。一次喝多了，他从床上掉到床下直睡一夜。第二天我去，以为他人已经死掉，倒说不出是高兴是伤心，只觉一时后背有些发凉，只干干地大叫一声小弟，他却慢慢睁开眼说地上好凉快。居然还活着，酒却还没完全醒。他喝酒，是一口菜一口酒按部就班。让他吃口饭再喝，他把头摇得像拨浪鼓，说："哪有这种事。"

我有时候觉得他应该赶快死掉，他受罪别人也跟着受罪，他活着只是一架造粪机器，这是我父亲大人的话，但每每又怕他死，开那个门的时候，看他闭眼躺着，一动不动，忽然就害怕起来。我说："你死了吗？"他却猛地大喝一声，只一个字："去！"我是想让他死又怕他死，就像是身上一块肉，痒到想搔它一搔，直搔到痛也不肯停。就我这个以为太阳是方的小弟，到现在我也不告诉他太阳是圆的，我若说明，或把他抱在窗口给他看太阳让他知道太阳是圆的倒没了趣，有趣就在于他至今以为太阳是个正方体。在整个地球上以为太阳是方的人想必不会有几个，定是这样。我可以让他喝酒，但就是不给他看看太阳。

我只要一高兴想开心便问他这个问题:"太阳是方的还是圆的?"

他必说:"方的!"

再说说小弟喝茶。他只认花茶,别的什么茶都不喝,早起吃饼,这地方的麻油饼,他是必就花茶。朋友们送的茶自然都不会差,给他他亦不喝,他只要花茶,我想让他接受新的东西,他偏不,摇头,他摇头像拨浪鼓,脖子一时像是安了弹簧。忽然有一日,我也是喝了酒,看着他是满心满眼莫名的伤感。我只觉得他亦是一个男儿,喝得酒,拿起筷子吃得菜,也唱得歌,却至今没个媳妇,也不知道女人是怎么回事。那天,也是喝了酒,我和他商量要给他找个小姐要他也做一回男人。

我说:"给你找个女人。"

小弟说:"我又养不起女人。"

我说:"不是那意思,也不是那种女人。"

小弟看定了我,两眼里满是清白。

我酒上了头,小声说:"给你找个小姐过来,你做一回男人,你给哥把她睡了。"

小弟双眼立马瞪大,猛地大喝一声,拳头亦举起来:"你是流氓!"

我只一跳,跳离开他,忍不住哈哈大笑,遂即收声,心里只觉凄苦。

某一日,我把这事对朋友们说,朋友们都笑了,说起市里的一个残疾人,没了双腿,做爱却是奇才,只用双手把身体撑起来,没有了下肢的上半身前后摆动令人眼花缭乱。我说打住打住,这话我听不得,心里又是好一阵凄苦。暗中却托了人让他们四处去打探有残疾的女人,条件是,一是能照顾我那造粪机器的小弟,二是她最好也有那么点残疾。但残到什么程度呢,我和我那些狐朋狗友好一阵子商量,那些天一见面一喝酒就光商量这事,都认为不管怎么残疾,但最好不影响和我小弟做那事,而且最好她能主动。一如"大海航行靠舵手"的那个意思,要她来当舵手,还要如"万物生长靠太阳"的那个意思,只让她来做小弟的太阳,这就是条件了,至于长相也最好奇丑,奇丑的女人不会花枝乱颤。商量来商量去大家早就笑成一团,都觉得好玩,也都喝醉了。

那一阵子,我住的那个院子里的人都知道我要给小弟找个媳妇,一有人来他们就会把我家指给那些人看。想不到社会上竟然有太多的残疾女待字闺中。先是,看照片,下边有毛病的就都是上身照,都还很漂亮,一见漂亮的我就马上说这个不行,太好看。介绍的人马上说这是照片,照片都是哄人的。或者是腿有毛病的,那这个照片就肯定是人坐在那里,或摆个看花的姿势,或摆个看书的样子,都让人心里难过得不行。还有一张照片是剧照般恶心人,那女人把身子使劲往里侧过去,一只手却举起朝后打招呼,眼睛却眯眯向前笑看着你,像是让你过去的那个意思。我一看就马上说不行不行,我说这个太妖把我小弟吃了我也不知道。但来来去去的照片都是我看,并没有拿给小弟,忽然有一张照片我满意,那女的只是个哑子,但长得还可以,我只觉她不会和小弟争吵,家里想安静最好找个哑子在屋里,我把照片兴冲冲拿给小弟。

小弟声气很重,说:"谁?"

我说:"你看好不好?"

小弟说:"什么好不好?"

我说:"给你做媳妇啊。"

小弟一声把我喝断:"去!"

我说:"你怎么啦?"

小弟说:"我不要女人。"

我说:"女人可比酒好,酒六十度女人一百度。"

小弟说："那你就再娶一个。"

小弟很会用话噎我，一下就会把我噎住。小弟找女人的事至此算是结束，后来又说了一次，这次我是把话说深了，说趁着你现在还可以啊那个啥啥啥，小弟便只又来一句："你原来是个流氓！"外边的人听见我在屋里哈哈失声大笑，探一下头，并不知我们兄弟俩说了些什么话，"扑通扑通"上楼去了，这是夏天。

我给小弟买的那房是在一楼，门对着楼梯，小弟一个人待在屋里会把门打开，开个缝，也不关，他坐在门旁边和外边进进出出的人说话，你长我短如此这般。楼上有一女人特别善良，有时候会给小弟买一个烧饼硬从门缝塞进来，里边且夹着几片肉，有时候会夹着一个茶蛋。我开玩笑说她是不是有意思？小弟说："去！"这亦是玩笑话，后来这种玩笑话亦不再说，我只看小弟日日喝酒快活。后来给小弟喝酒，也只能买那种二两装的扁瓶汾酒或北京二锅头，他只会操练这种酒瓶，如果给他一斤装的那种酒瓶，他不会往杯子里倒，如果倒也是一半在里一半在外。再后来，他瘫痪在床，身子都翻不过来，要想喝酒就只能是这种二两装扁瓶，再配备一根塑料管，是用嘴嗞嗞吸。我在心里只谢设计这种酒瓶的人。要知道世界上并不是人人都会操练那种大瓶。

我原住在古城墙之下，小时的那个院子墙很高，但朝东一望还是能看到那边更高的城墙，大同的城墙最早是北魏时期修的，只是土城。到了唐代城墙几乎塌掉，而到了明洪武年间又重修并包了砖。及至明末清初，清兵来了个屠城，把城里的人尽数杀光，人命一时如草，紧靠西门的那口大井里填满了死人，而且还把城墙削去三尺，所以大同的城墙要比别的地方低一些。我小时住在这个城下靠西城门的地方，从家里后窗可看到西城门里出来进去的车马，出城进城是一律要经过那个石桥的。到结婚后又住到靠南边瓮城一带的城下，居室只离城墙不足五米，夏天只是蝎子多。忽一日小弟锐声叫起来，说有东西咬了他，却又说不清是什么咬了他，只见他手很快肿起来，便知是城墙那边爬过来的蝎子所为。

那时，我的书房便叫了"城下居"。再后来养一猫一狗再加上我，书房又叫了"三名堂"，是名猫名狗名人鼎足三立，且我排在最后。再后来得一套红珊瑚的酒具，是顶真红珊瑚，如果是染珊瑚是不敢拿来做酒具的，只一倒酒，颜色便会随之而下，堂号遂又叫"珊瑚堂"。再一次搬家的时候是因为政府要把那城墙修它一修，我便给小弟也看了房子，我只问他搬到那边去有什么想法？小弟的两眼一时看定了对面的墙，却偏不看我，好一会儿才说要一个那样的床，我说什么样的床？小弟说床上要有一个木头罩子，睡觉的时候可以把罩子放下来，可以把他罩得严严实实。

我一时竟生了气："闷不死你！"

小弟说："你每天晚上给我罩住，早上来了再给我打开。"

"那是棺材啊。"我说。

我忽然便想到小时家里的那个澡盆，小弟被扣在里边，问他黑他说黑，问他怕不怕他就哭起来。我忽然心里难过，知道这就是小弟为什么要个那样的罩子的答案，便不再问。

我只说："干脆白天也把你罩在里边，放一壶酒一盘菜给你。"

小弟便笑起来，他一笑我便想打击他，我说："太阳是圆还是方？"

"方的！讨厌！"小弟大声说，"你这话问了够一百遍了，正常人一句话最多说三遍。"

我顿时哑然，我在我的小弟面前已非正常人。

"去，我要喝酒。"小弟说。

我即刻便踅出去，从小到大，唯有他能对我发布命令我且愿意听他的。

我去买了鸡腿，两只红赤赤硬邦邦的烤鸡腿，下酒最好。又去买了酒,牛栏山二锅头。

  我踅去又踅回,看看天,圆圆的太阳在天上悬着,再看看自己的影子,也真实不虚。不知为什么,大太阳地里,忽然像是又看到了母亲从那边走过来,一根带鞋,大襟袄,剪发头,头发上的卡子倒是和别人不同,是象牙卡子,米白米白……

真想做一个晴耕雨读的地主

我于世上的诸多事,其实在心里是要刨根究底的,但在嘴上却从来不问。比如,上小学时学校要每个学生都填一下家庭出身,而我家却是贫农,我知道我的父亲是既没种过地也没有在农村居住过的经历,他是十八岁才从日本回来开始学说中国话,与贫农哪会沾什么边?我的父亲真是不缺钱,金子不说,古玉俱是商周生坑,几皮箱的商周古玉一品一个小锦袋儿地放在那里,有时候他会看看这个,再看看那个,不觉已摆得桌上床上满满都是。

现在想想,父亲当年的成分应该是花了银子买的,但怎么买?花多少钱买?跟什么人买?我们是不得而知了。可以想象,当年也许父亲会问给他划分成分的人:"什么成分最好啊?""贫农啊。""什么是贫农啊?""贫农就是没有土地的人,没有土地光荣啊。"被问的人想必是这样对父亲说。"那就买贫农吧。"想必父亲接着就开始数他的银子了,把银子数给这个人,我们的成分就这样给定下来了。

早年,我们坐了绿皮火车"咣嘟、咣嘟"随父母亲回老家去祭祖,王家坟地占地二十余亩,墓地里森森然都是松柏树,那才是静,只有鸟声,幽幽地啼长啼短。那一次,让我对土地有了极为深刻的印象。至今我还都在想,那片地,现在怎么样了?那些松柏树是否森森然依旧?什么时候再回去扫松祭祖?顺便再带些松花粉回来,黍米糕蘸松花粉真是很好吃。我好像又看见母亲在那里用绵白糖调松花粉,先把松花粉慢慢盛到一个碗里,然后再把绵白糖一勺勺放在松花粉上慢慢调起来,母亲忽然抬起头,又长长叹了口气。

我有一个琥珀的闲章,章上的四个字细洁爽利:"阳台农民",而这阳台却非楚襄王的阳台,农民却是我在自指,虽然我没有当过农民也没有土地,但我总在想土地的事。此章为东莞谁堂所治,谁堂是湖南人,客东莞有年,除了治印,他菖蒲也养得好。我也喜欢菖蒲,而且特别喜欢金钱菖蒲和虎须,菖蒲有一种清鲜的气味,喜爱菖蒲的人说它香,一如喜欢牡丹的人说牡丹花很香,其实牡丹花的气味着实不能让人恭维,但喜欢牡丹的人非但要说它香,而且还要加一个天字,说它是天香。北京恭王府里有个庭院叫作"天香庭院",那块匾现在还在那里挂着,我想当年这个院子里应该是种有牡丹的。清王府的大院子多种牡丹、玉簪还有西府海棠,这有个说法,叫作"玉堂富贵"。

我喜欢菖蒲,但就是不愿去花市或网上买,我就想向谁堂讨他的菖蒲。隔不几天,他居然用一截绿竹筒把菖蒲寄了来,这真是让人好不欢喜。每每看到日渐盘根错节的菖蒲我就在心里说,这是从谁堂手里经过的菖蒲啊,这是从谁堂手里经过的菖蒲啊。而刻有"阳台农民"四字的闲章,我每每用的时候心里就会想,这是谁堂治的印,这是谁堂治的印。这方印,我一般都用在花鸟画上,山水上很少用。

我没在农村待过也没有当过农民。我写短篇小说《五张犁》的时候颇下过几次乡,去看农民劳作,看他们锄地,看他们收拾菜园子,看他们扬场,唯有这扬场真是流金烁烁,成堆的谷粒被扬起落下扬起落下真是好看。甚至看他们弄大粪,往发酵好的大粪里边掺土,掺好了土再把它们摞成一个个的堆,把外面拍严实了,让它们再发酵,这是冬天的事。

我下乡的时候认识了最好的种地把式。那天,天很冷,有个很瘦的老头从我对面走过来,穿着黑布棉袄,一边走一边把两只手放在嘴边只是呵,旁边的人忙小声对我说:"他就是好把式五张犁,他就是好把式五张犁。"我问为什么叫"五张犁"?陪我到处转悠的那个人对我说这个人一辈子用坏了五张犁,一般人一辈子都只有可能用坏两张或三张,所以人们都叫他"五张犁",而他的本名"张春女"却被人们淡忘掉了,他是这一带最好的种地把式。我便记住了这个人,后来想采访他,他却不同意,村里的人悄悄对我说:"因为土地,他的神经已经有点不正常了。"因为他们村离城近,所以土地都给征收了去,被征去了的土地都被改造成了环城花圃,一片红红紫紫。写《五张犁》这篇小说的时候我觉得我的心里一阵阵刺痛,我在小说里是这样写他的:

人们是离土地越来越远了,越来越陌生了,所以五张犁才引起人们的注意。一开始,怎么说,人们看到了五张犁这老头儿,瘦干瘦干的,目光灼灼,两眼有异光,在地里焦灼地走来走去,人们一开始没怎么注意他,园林处的人还都以为是什么人又雇了人,园林处那些拿工资的园工为了再做一份事,就从自己的工资里拿出一小部分雇人替他们下地劳作,比如说,一个园林处的工人一个月的工资是一千元,他就有可能拿出三百雇一个附近的农民,这样一来十分合算,他可以再找一份事做,收入就更多一些，这样一来呢，地里就不断有陌生的面孔出现。园林处那边，为了好管理，地是分了段的，每人一段各自承包。

如果不是一段一段地承包，人们还不会发现问题，问题是，五张犁不是在一片地里做他的事，五张犁经常出现的那片地横跨了三段地，这就让人们摸不清，到底怎么回事？这个叫五张犁的老头儿怎么在地里？是谁让他来的？这年春天的时候，人们先是看到五张犁往地里送了三次粪，是谁让他往地里送的粪，连承包那块地的园林工也不知道。

一开始，人们以为是园林处要在地里施肥，但别的地里又没有。又过了几天，就有人看见五张犁在地里把那些土粪一锹一锹地往地里撒，真是好把式，一锹一锹撒得真匀。土粪是那种经过一冬天加工过的粪，也就是把粪池里的稀大粪弄来，再和上一些土，在冬天里封好了沤过，沤一冬天。在春天到来的时候再把这沤好的粪摊开，再往里边掺土，掺了土，再把这粪一次一次地倒几回，倒的意思是要把沤过的粪和土倒匀了，然后才用小驴车运到地里去。运到地里后，这土粪还要堆成堆再封一些时候，让它变得更加蓬松，然后再一锹一锹撒到地里。这时的土粪是干爽的，味道也特殊，好像不是那么太臭，还好像是有点特殊的香，粪能香吗？但庄稼人闻它就是香。

人们看见了，看见那名叫五张犁的老头儿在地里撒粪，人们看见他弯了一下腰，又弯一下腰，把锹一次次插进蓬松的粪堆，然后再直起腰来，那土粪便一次次被扬了起来，说扬好像有点儿不太对，不是扬，是平平地贴地面顺风一撒又一撒。这撒土粪也是个技术活，要在地面上撒得匀匀的，地面上是薄薄的一层。粪撒完了，要是在这时候来场雨，那就再好不过，肥力便会被雨水直追到地里去，要是这几天一直在刮大风，那干爽爽的土粪便会给吹走。

有人看见五张犁在那里撒粪了，认识他的人都觉着奇怪，他怎么会在这里干这种活儿？怎么回事？撒完土粪，五张犁并不走开，而是坐在了那里目光灼灼地看着远处出神。五张犁那张脸很瘦，皮肉很紧，而且，黑，而且，是见棱见角，肩头亦是尖尖的见棱见角，那双手，也是，粗糙而见棱见角，五指总是微张着，有些攥不拢的意思，这就是干粗活儿的手，五张犁就那么坐着，目光灼灼，看着远处。

人们不知道他在想什么。当然了，他也不知道别人在想什么。这时候的地里，还没有多少绿意，有也是地埂和朝阳坡面上的事，是星星点点的绿，是小心翼翼的绿，这绿其实是实验性质的，是先探出头来看看天气允许不允许它们绿。认识五张犁的人看到五张犁了,过来,问他在做什么。五张犁没说话,张张嘴,笑笑的,两眼目光灼灼,还是看着远处。问话的人连自行车都没下,骑着车子"哐啷、哐啷"走远了。

农民种地,除了辛苦流汗之外,其实还有一种形式的美在里边,只不过被人们长久地忽略掉了。我不喜欢胡兰成,但他的这句话我却以为概括得极好,他说:"乡村里也响亮,城市里也平稳"。这真是一种理想境界,一般人都会以为乡村的生活是寂静的,而他偏用了"响亮"这两个字,这就让我很喜欢。我以为胡兰成是真正懂得乡村的,一场雨,一场风,往往会对农事起到很大的影响,当然同时也对人起着很大的影响。靠土地生活的人对天地是敬畏的,这个敬畏就是对天地要有回响,二十四个节气,每个节气该做什么就马卜做什么。天狗吃了月亮,大家敲响各家铜盆去救,乡村的日子过得亦一如长河起白浪,流水声"哗哗"响彻两岸。

我写农村小说,就想让这长期被忽略了的东西重新回到我们的视野里来。一年四季,春风秋雨,农民的身影其实都是在土地里一俯一仰一俯一仰,这一俯一仰真是大美,古时的舞蹈无不是先民劳作的写照，收割啊，打麦啊，举手投足可以说皆是舞蹈。过去还有一句话是"晴耕雨读"，这是乡村生活里更加动人的地方，如果说乡村生活分两面，一面是耕——在田地里劳作，而另一面是读——守着南窗读书。下雨天或下雪天，土地的主人们放弃了在田地里的劳作而读书，一盆火，一杯茶，一本书……陶渊明想必也是这样，所以他才有这样的好诗留给我们："春秋多佳日，登高赋新诗。过门更相呼，有酒斟酌之。农务各自归，闲暇辄相思。相思则披衣，言笑无厌时。此理将不胜，无为忽去兹。衣食当须纪，力耕不吾欺。"

我的妻舅，是个老实巴交的农民，而他下雨天或下雪天出不了门的时候，照例会给自己沏一杯茶，坐在火炉边上读他的《三国演义》或《聊斋》，这两本书他好像读了一辈子，他这样执着于这两部古典名著，真是让我十分地喜欢，而这喜欢又有些莫名其妙，说不出为什么好，但我就是觉得好，下雨天下雪天出不了门的时候，在家里读书总是要比聚众打麻将来得好。我有时候甚至想，如果可以，我下一辈子不妨就当一回农民吧，当然要去当有土地的农民，当土地的主人，也就是当地主——如果没有自己的土地那还有什么意思？当有土地的农民——当然也就是当地主，才可以和土地亲近，可以和植物为伍，可以像植物一样知生知死，我以为质朴的人性原来便是这样形成的，该开花时开花，该结果时结果。一冬一春，一生一死，开花时红紫烂漫，败落时满地黄赭。

真正好的人性也真是应该一如土地的厚，可以让万物均有安顿处。

早先，我住在一个叫作"花园里"的地方，那时候我住一楼，南窗外边是一片空地。那片空地归我和我的邻居曹乃谦共同拥有，人们都叫他曹乃谦，而我偏只叫他小名招人。我就和他一起动手在南边砌了一堵墙，这样一来呢，那一小片土地便是我们的，我就可以在这个小院里种花。

我果真就在里边种了，首先是晚饭花，可以长到齐人肩高。我种了不少，开花紫色的居多，还有白色和黄色的，而最少的晚饭花是那种白里带着紫色斑点的，人们叫这种花"鬼脸儿"。除了晚饭花，我还种了几株朱红的倭瓜，倭瓜在种之前是要先让它发芽，拣大个饱满的瓜种，把它润湿，放在一个碗里，然后用一块湿布把它盖好，过一两天它就发芽了。然后再把这发了芽的倭瓜子种到地里去。很快，倭瓜就长出了很大的叶子，一片叶子，两片叶子，三片叶子，然后就会长出瓜藤，瓜藤会自己做主慢慢朝墙那边爬过去，好像它长有一双眼睛，好像它能看到墙在哪边。它朝墙那边爬过去，爬到墙上了，在墙头上开出一朵一朵黄茸茸的花来了。只这黄茸茸的倭瓜花真是让我心生喜欢，我的蝈蝈便有的可吃，如果没有这倭瓜花，我便只能喂它大葱和煮开了花的小米粒。有时候我坐在南窗之下读书，从窗里看外边墙头上那碧丛丛的大叶子拂拂地被风吹动，忽然真是让人惊喜，叶子下原来藏着两个朱红色的瓜，已经不小了。

　　好多次，搬家的时候我总是想，新房子能不能有个院子？能不能给我一点点土地？如果有，这个院子能不能再大一点？好像是，有一阵子我老是在搬家，从东搬到西，从西搬到东，许多东西在搬家的时候就永远也找不到了，其中包括三岛由纪夫的手迹，一张A5大的纸，上边写着"黄河之水天上来"。还有赵朴初老为我写的一幅字"黍庵"，冯其庸先生给我写的"珊瑚堂"，都不见了。我最终搬到现在住的这个地方，是最高层，一二三四五六七，七层，没电梯，跟着房牙子一层一层往上爬，边爬边想，你会来这里住吗？你会来这里住吗？但看房子的时候我却差点没叫出声。因为南边的那个很大的露台和北边的那个很大的露台，我想不到这套房子会有两个这么大的露台，我当即迫不及待地就把这套房子买了下来，而且，在心里已经想好了要在南边的露台和北边的露台种各种的花，甚至于还要种几缸荷花，那种白色和粉色的荷花。

我爱花如命，刻有一闲章：好色之徒。

买房子之初，我还把南边和北边的露台各量了一下，南边的露台是宽五步，纵七步，北边的露台是宽四步，纵十二步。我不懂土地的计算法，比如，一亩有多大？一分地又是多少？但我为了实现我小小的梦想，能在露台上种我喜欢的花花草草，我让工人把露台上以前的秋千啦假山啦水池啦什么的都统统拆掉。我让工人帮我把很大的陶盆从下边一个一个搬上来，还有土和肥，也一袋一袋地扛上来。我还托人去养羊的地方买了不少羊粪，把它们和土混在一起，一时间，腥膻满屋，我家那两只猫"阿嚏阿嚏"嚏喷打个不停。

那个春天，真是好不热闹，平白的日子，忽然像是在娶新人。平民百姓过日子，热闹便是兴旺。因为土地，我感到了自己内心的某种疯狂欲望，这种欲望要比一个人对女人的占有欲望来得更加有力、尖锐和宽广。千万不要说土地只是农民的事，人类的天性里边都有着对土地的渴望和对土地占有的强烈冲动。

我的朋友诗人李小五，扛着一把镢头想去野外给自己开一片地种菜给自己吃，他带了种子带了干粮带了几瓶矿泉水还准备写诗，结果是大哭而返，他那张白净的脸上满是风尘，他的眼睫毛特别长,比老帅哥王跃文的眼睫毛还长,李小五的眼睫毛上挂着泪珠,他对我说他发现自己的想象原来只能是一个童话,几乎是,所有的土地都不允许你去开垦,"现在,我们谁是土地的主人?谁也不再是土地的主人。"李小五对我说。后来,他去了澳大利亚,在那里买了土地,做了那片土地的地主,人现在已肥硕十分。

直到现在,他还在那边一边种地一边写诗,他发微信给我,说他正在学习怎么当陶渊明。他发微信给我,说今年又种了一些豆子,那种扁豆。他发微信给我,说虽然他已经和那个洋妞睡了,但他还想找一个中国姑娘做地主婆。他很骄傲地说自己是地主。我听他这么说也真是满心欢喜,还有什么身份能比地主更好?我和他比,我有土地吗?所以我当不成地主。土地是国家的,国家是谁的,而国家又是我们的,宪法是这样说的。坐在那里这么一想,心里更加懵逼难受。

我也想当地主,我对自己说。

所以,当我面对露台上那一个又一个红陶盆的时候,我明白这就是我实实在在的土地,如果说我是土地的主人的话,那么我只有在面对这些陶盆的时候才会实现。那个春天,我种了好多好多的花,晚饭花、金色雏菊、蓝色的二月兰,我特别喜欢二月兰花心里的那一点点黄。还有市民阶层的小家碧玉凤仙花,这真是一种让人神思迷离的花,撩人而性感,花可以说撩人而性感吗?我以为是可以的。凤仙花的种子是散射弹,只要你一碰到它,它就会很夸张地朝四面八方射开。凤仙花的茎叶里有太多的水分,所以又总是水灵灵的。

凤仙花在民间还有一个名字叫"指甲花",因为它的花朵可以染指甲,不但可以染指甲,我在印度,那边的朋友为我用凤仙花搓手心和脚心,手心和脚心登时赤金般灿烂,之后,才可以去他们的寺庙。

除了这些花,我还种了鸡冠花。鸡冠花的紫,是浓胭脂,紫到发黑,在阳光下,那是一种可以让你深陷进去的颜色,紫色是一种极为高贵的颜色。鸡冠花分为两种,一种可以长到很高,**一种是矮墩墩的**。几年前,我在北京南竹竿斜街,坐在那里静静地看陈绶祥画鸡冠花,他画的是那种短桩,胖墩墩短短的那种。我忽然笑了起来,这花和画他的人多少有点像,短胖胖的都是短桩版。一晃这么多年就过去了,那静静的下午,慢慢移动的阳光,还有外边蝈蝈的叫声,似乎还都在耳边眼前。而现在南竹竿斜街已经不在了,一切只能在记忆里。

旧情解构

我的露台上，至今还种着鸡冠花，简直是奇怪，这种植物是从哪里找来的那么多紫色？在冬天到来之前，它是一天比一天紫。所以鸡冠花又叫"雁来红"和"老少年"，我画鸡冠花喜欢配蟋蟀，是秋声秋色。还有就是牵牛花，我家的牵牛花是那种深蓝色的，每天都差不多会开四五十朵。早上起来，我一边刷牙一边去数。每看到牵牛花，很奇怪的是我就会想到千利休的茶道壁龛里的那一朵白色的牵牛花，在幽暗中放出光来。

自从搬到这个有南北两个露台的家里后，我才明白自己其实一直都在渴望着土地，渴望让自己当一个地主，渴望着去过那种有古意的晴耕雨读的生活。土地真是能够给我带来无比的快乐，虽然那土地是以一陶盆一陶盆为单位，但那实实在在是我的土地，我真得感谢这些无比零零碎碎一盆盆的"土地"——它们能让我的梦想得到暂时的安顿，我虽然不是植物学家，但我喜欢看植物在泥土里慢慢先长出一个芽，这一个芽又慢慢变成两片叶，芽刚刚从泥土里钻出来的时候是苍白的，但马上就变成了那种极为娇气的鹅黄，当这个芽变成了两片叶子，绿色才会慢慢显现出来。

我喜欢黑塞的那本《园圃之乐》，就是喜欢他与自然的亲密关系，比如他与向日葵，他与葡萄，他与各种的花花草草。他不但喜欢种花种草，他还喜欢画，他笔下的花花草草真是柔曼可爱，是舞蹈般的韵律。让人觉得那是他的内心真实写照。他给他的朋友卡尔·伊森堡的一封短札是这样写的：

"我把一天的时间分配给书房和园事，而从事后者时很适合沉思默想，有助于心智的融会贯通，也因此必须一个人孤独地去做。致卡尔·伊森堡一九三四年四月。"

其实我和黑塞一样，在露台上给花草浇水施肥或用木棍做一个架子的时候，我心里可以想我的小说或正在写的散文。而我喜欢读我的朋友周华诚的几乎每一本书和每一篇文章，也在于他的书散发着我个人所喜爱的植物气息，竹笋啊稻谷啊栗子啊，各种植物啊，读着读着就像是整个人已经来到了原野里，植物的气息真是浩浩荡荡，无边无际地扑面而至。我喜欢陶渊明自然也是这个道理，他的诗，是真正来自对土地和植物的爱。

我是一个喜欢植物远远超过动物的那种人。当我搬一把椅子坐在露台的花花草草中，其喜悦真是难以述说。而今年，因为吃西红柿——我突然萌发了不再在露台上种花而改种蔬菜的想法。我被自己的这个想法吓了一跳。我对我爱人说，用一点都不必商量的口气对她说："我要自己给自己种西红柿吃。"

不知从什么时候起,市面上的西红柿红得十分漂亮却无法吃,你买几个这样的西红柿放在那里,半个月过去了,它还是那样,一个月过去了,它还是那样,这真是让人害怕,更害怕的是这样的西红柿简直没一点点西红柿的味道,味同嚼蜡。

我不知道人们对西红柿做了什么手脚,所以我决定自己种西红柿给自己吃。当然同时还要种一些别的蔬菜,比如,种一两棵大头甜菜,甜菜的好处在于它的肥大的叶子可以不停地让人摘下来吃。还要种些韭菜,韭菜的好处也在于可以让你割了这一茬,过不了多久,还可以再割,我很爱吃韭菜鸡蛋馅儿的饺子。

在露台上种蔬菜,还有一个原因是市面上的蔬菜价格一天比一天贵,而且,更为重要的是它们的质量总是让人担忧。其实我这个人是顶好侍候的,饿了一个馒头抹块臭豆腐就可以,头疼了抹点清凉油。冰箱里有各种好的吃食从来都是懒得去翻动,蓝莓奶酪和小袋装的培根我本是顶顶爱吃,但如果不放在眼前就总懒得去翻。

有一阵子,爱人买的武汉热干面,因为放在一眼就可以看到的地方,我就天天吃这个热干面,也真是热爱它的简单,不像康师傅啰里啰唆这个包那个包,热干面就是把面一煮,一个麻酱包,一个酱油包,一个红油包,三包同拆拌一拌就吃,真好,有点辣,"嘞嘞嘞嘞",一碗已经进肚。对我来说,简单就是好。从此热爱这一口,吃完那一箱,没了,会问还有没有?过几天又会出现一箱,只要放在眼前,便会乐此不疲。

"这一回你真要当阳台农民了。"我爱人开玩笑地对我说。

"不想当地主的农民不是什么好农民。"我对我爱人说我要当地主。

"可惜现在不讲成分了。"我爱人说。

我说:"我想通了,如果还有划分成分这种事,那我就当地主。"

"真要是重新填成分,你要是想填个'地主'会不会再花钱买?"老婆对我家的事是了如指掌,她知道我父亲的贫农成分是怎么回事。

我忙把话岔开,对我爱人说:"当然,除了种一些蔬菜之外,我还是会种几盆我们共同喜爱的花。"比如,那种深紫色的大丽菊,比如,花朵小小的雏菊,比如,从下一路往上开的玉簪。我知道我爱人喜欢剪花插花,露台上的花经常会出现在我家餐厅的餐桌的花瓶里。有时候她还会剪几枝花送朋友,我认为那花要远比从花店里买来的好看得多。

其实蔬菜与花卉又有多大的区别呢?我对我爱人说,许多蔬菜的花朵并不亚于那些以开花著称的花卉，比如蚕豆的花，洁白的花瓣上的那一点梦幻般的黑点真是别致极了，让人想起墨西哥的魔幻小说，想起鲁尔弗。再比如茄子花，那种深紫色你去哪里寻找，真是淫荡。

我之所以喜欢植物，大概与我是北方人分不开，我到了南方，看到那遍地的花花草草忽然觉得我此生真是生错了地方，怎么不生在南方？而转念再一想，这话也许不对，要不是这样，我怎么会对植物有这样的难以割舍？我对绿色是极为敏感的，这主要源于在我生活的那个城市一旦到了冬天就再也看不到一点点绿色。所以我才知道母亲为什么总是在冬天里要用煤灰种一两盆葱，当然这是快过春节时候的事，那一两盆葱渐渐萌发出的绿意竟是那样好看，从鹅黄到微绿。再如，在冬天，家里还会生些豆青出来，所谓的豆青就是用豌豆生出来的碧绿的豆苗。在我们家，每年的年饭都会有一碗豆苗汤，那绿和那豆苗的清鲜之气真是好。在北方，数九隆冬真是很难看到哪怕是一点点绿。

要种菜了。我的爱人那天在电话里对她的同学说，电话那边的同学是有个蔬菜大棚的人，便马上答应提供菜秧。我这才知道，各种的菜秧，几乎都要事先育好才能栽种，当然韭菜和芫荽不是这样。那边答应了给菜秧，我这边就开始做准备，把一个一个的花盆里的土一一翻过,把去年干枯了的植株都剪干净了,而且把它们的根子都从盆里挖出来,同时把去年的羊粪施进去。我开始沤肥,用两个过去装纯净水的大桶,把它的上边剪去了。关于怎么沤肥,我的朋友已经教会了我,就是,我每天必须要往那只桶里撒尿,把尿液积攒起来,露台当然是最高层,没人会看到我在做什么。晚上,我穿着内裤脚上拖了拖鞋更不会有人看到,"哗哗哗哗、哗哗哗哗",为了我的蔬菜,我乐意这么做,"哗哗哗哗、哗哗哗哗",为了我的土地我愿意这么做。然后是把找来揉碎的豆饼和烂菜叶子果皮果核什么的都扔到这两只桶里。天气慢慢转暖的时候,这两个沤肥的桶散发出了前所未有的浓烈味道。

快到种菜的时候,我爱人的同学特意跑过来看了一下,他说现在的这些陶盆子种花可以,种菜就不行了。他建议我买那种专门用来种菜的方箱。他用步子量了一下南边的露台,说南边露台可以分两排放八个大蔬菜方箱,人还可以在中间走动,浇水啊采摘啊。他又去量北边的露台,他说北边可以放十个,我跟在他后边,想象着十个加八个的专门用来种蔬菜的方箱,想着我的土地,我露台上的土地,好家伙,我一下子兴奋起来。那些专门用来种蔬菜的方箱很快就在网上订到了,又隔了没几天,方箱被搬了上来。紧接着是运土，网购的种菜土也被工人一袋一袋背了上来，那十八个蔬菜方箱忽然让我觉得自己非常富有。豆角、茄子、青椒、西红柿、芹菜、芫荽、甜菜头、苤蓝、大葱、小葱已经在我的想象中蓬蓬勃勃生长了起来。当然还有和土地没有直接关系的蜜蜂蝴蝶们。"我还要养一箱蜜蜂。"我打电话对南方的一个朋友说。南方的这个朋友说只要你那里没有蛇我就会过来指导。

我十二岁那年父亲去世，多少日子过去，现在有时还会梦到他，有的梦就像是黑白老电影重新播放。比如，前不久我又梦到父亲，他又出现在院子东边的城墙之上，白府绸的衬衣，裤线笔直虾酱色派力士的裤子，年轻的他手持着一把镢头——这个梦已是近四十年前的旧片儿，但一旦梦到还是清清晰晰。父亲是要去城墙上开片地，那时候人人都为了一口吃的东西总是到处开荒种地。以至于我们院子周围的地都被种上了东西，一时间深绿浅绿。

父亲上了城墙，我们在下边仰着脸看父亲。

记忆中，父亲真的在城墙之上开了一小片地，但究竟种了些什么我们是记不清了，好像是，我和兄长后来还爬上去看了一下，是三畦地，打了地垅，因为下过几场雨，这三畦地里确实稀稀拉拉地长出来一些灰绿色的东西，仔细看，是青蒿。这就是记忆的全部。后来再也不见父亲上到城墙上去，也许他上去过，但我们没有看到。那个时期，人们能吃到一口东西真不容易，人们为了不被饿死想尽了一切办法。但这想尽了一切办法的办法都离不开土地，所以直到后来，多少年过去，即使是下大雪的时候，雪花迷蒙，我会不由自主地透过纷飞的雪花朝城墙那边看去，想起那三畦地。长方的，起地垅的三畦地。人与土地，真是一件永远也无法说清的事情。

我们为什么那么渴望土地？

我现在住在七层楼的高度，我的土地，那一箱箱的土地，种着我喜欢的各种蔬菜和花卉。我现在的这个七层之上的高度和父亲当年在城墙上的高度说来也差不多。现在想想，我和父亲的所作所为，怎么会都那么接近农民？怎么会都希望在土地里找到快乐和安全感？农民种地，除了辛苦流汗之外其实真是还有一种形式的美在里边，只不过被人们长久地忽略掉了。我想让这长期被忽略了的东西重新回到我们的生活中来。

我要和谁堂商量一下，请他再给我刻一方章子，章上的四个字不再是"阳台农民"，而是"阳台地主"，从小到大，我一直认为"地主"这两个字不是一个什么好词,但现在才明白了,在这个世界上,"地主"这两个字也许是最好的词,我希望自己当一个地主。但是,我的土地不要那么多,我只要一两亩,一两亩就足够了。

我只要一两亩,可以让我晴耕雨读,可以让我在我的生活里保留那么一点古风……

乌鸦帖

"老鸹老鸹回家家哟,家里有个大西瓜哟哟哟……"

小时候,只要天上一过乌鸦,我们便会仰面朝天大声地念起这首童谣来。我们翻来覆去地念着,大群大群的乌鸦在天上不停地飞,一边飞一边"哇——哇——"地叫着,天快要黑了,太白和长庚已经出来了,一颗黄一颗白。乌鸦掠过了我们的院子,纷纷落在了院子东边的那排老杨树上,黑压压的,它们准备过夜了。

我小时候住过的那个院子,在护城河的西边,大院子的东墙紧挨着护城河,院墙与护城河之间有一排老白杨,那上边,整个冬天和春天在晚上的时候总是落满了黑压压的乌鸦。早上起来,如果起得早的话,可以看见它们正从老杨树上纷纷地飞起来,向西边飞去了,掠过我们的院子。

多少年过去了,在我的视线里总是有乌鸦存在着,我不清楚,在这个城市里到底生活着多少只乌鸦。我想肯定不会少,而那些乌鸦又会分多少群?这几天,我还在观察乌鸦,但随着天气变暖乌鸦越来越少。夏天已经过了半,恰这天刚下过暴雨,天上的云黑兀兀状如奇峰。站在露台上朝下望望,这几天热闹非凡的爆竹花果然被打落,下面是满地嫣红,又凄艳又落寞,庚子年的气息真是逼人,但凡过去的好,现在看了都让人心惊。好在此刻乌鸦还没出现。它们要再像京剧李派老旦那样"哇哇"上几声,何止是令人心惊。

这几天,我天天坐在阳台的躺椅上戴着墨镜看书,其实是看不了几页,在心里,总是在等待着乌鸦的出现。我布衣布鞋躺在那里仰对青天白日,只问自己,乌鸦都去了哪里?怎么会忽然都不见了?多少年来,露台是我的道场,没事的时候我便在上边喝茶换气,晚上喜欢在上边看那无处不在的月光如水。而那太白星却是金黄的,那是宇宙让人永远够不着的金子,每人一份,但谁也拿不到手。我一个人坐在露台上仰对满天星斗,心思是一点亦没有,只是喜欢那静,满天星斗各自放着自己的光芒,却又互相没有一丝骚扰。在我还是儿童的时候,便从大人那里知道天上最先于西方和西南方出现的星斗分别是太白和长庚。好多年来,我躺在那里,只想数清楚太白星是几芒,长庚又是几芒,想它应该不是六芒便是八芒，但至今终于还是没能数清。

  民间的说法是，你能数得清太白和长庚有多少根光芒，那你就会知道自己的命是几斤几两。虽然数不清，但我亦是喜欢整个人都浴在月光星光里，且又只是静躺静坐，是茶也不要烟也不要，倒像是一个饮甘露食月华的清道士。从小，我只愿自己当一个清道士，布衣布帽，一根竹枝把头发紧紧绾到头顶。我喜欢道士，但对和尚就那样，从小就有点不喜欢他们上门化缘，其实也只是一碗米，只要他们一出现，母亲便会马上去转身取一碗米来。而现在，这样的和尚亦早已看不到——身上背着一个灰布袋，站在门首双手合十，也不说什么话，清清瘦瘦，真是好出家人。

  怎么说呢，许多的鸟，原是没有名字，但人们为了记住它，就把它的叫声当作了它们的名，布谷鸟且不用说，它一年四季都在那里"布谷布谷"，并非只在春天的时候才蹲在瓦檐上那么不停地叫。因为它的叫声是"布谷布谷"，所以它的名字便叫了"布谷鸟"。那年我在国博，看展柜里汉代的一个一人高的绿釉陶楼，斗拱挑檐，四面轩窗，整整三层，真是华屋累累。民间的日子，富足便是欢愉。陶楼下边还站着两个守门人在操着手说话，亦是满脸喜滋滋。而那楼顶上便恰恰落了一只鸟，像是正探头翘尾在那里叫,我当即只认它是布谷鸟,一时好不亲切。

我现在住的小区,天天都有珠颈斑鸠飞来飞去,关于这鸟的名字,还是跃辉告诉我,我以前只以为它是布谷鸟,它的羽毛是粉灰色,淡青的喙与爪,它有时就落在我家对面楼的红瓦屋顶上,亦一如国博那汉代三层华屋上的那只鸟头尾皆翘。其实布谷鸟一年四季都在那里"布谷布谷"地叫,但听到它的叫声,人们也只会联想到春天,并不会想到秋天或夏天,这也真是怪事。

乌鸦也便是这样的一种鸟。在我们那里乡间,乌鸦是被叫作"老鸹",这也许只是它的一个小名,或者是人们给予它的爱称,就像我们叫"老王""老李""老白""老黄",民间其实很少用"乌鸦"这个词来称呼它,人们总是叫它们"老鸹"。老鸹的叫声往往仿佛是从天庭传来的,它们习惯一边飞一边大声地叫嚷,而且成群结队;你很少会看到一只孤零零的乌鸦在天上飞——这几乎是没有的事。它们是群居禽类,是三世同堂或四世同堂地厮守在一起。

我常常一个人待在我家南边的露台上,也许是正在读一本闲书,也许是在喝一杯绿茶,有时候就会猛地被什么一惊,是乌鸦:

"哇——哇——哇——哇——"

它们已经横飞了过来。

我因为经常一个人待在露台上看乌鸦，所以才知道很少有单只的乌鸦出现在天上，它们总是几十只、上百只或者是上千只的同时在天上飞。说到我与乌鸦的关系，它对我的吸引力真是接近一种巫术，我会一动不动地站在露台上老半天地看它们，就像在看天长日久难得一见的亲人。直到脖子发木，心里总还在想它们天天都在吃什么喝什么？看乌鸦的时候大多是冬季，天很冷，西北风扫帚样从北边扫过来一下，从西边扫过来一下，地上的树只好向它们鞠躬，左鞠一下，右鞠一下，但树上残留的叶子还是被风掳掠了去，木叶纷飞，亦不知道它们飘到了哪里。

整个冬天，我痴迷于早上看一回乌鸦，傍晚再看一回乌鸦，围着我的牦牛毛大披肩，站在西北风凛冽的露台之上。早上，看乌鸦从东向西，傍晚，再看它们从西到东，上千只的乌鸦，天天都从我的头顶飞过。乌鸦没有列队操练的习惯，它们不会像大雁那样，天高地远，有纪有律，一会儿"一"字，一会儿"人"字。乌鸦总是以家庭为单位，一家一家在天空之上聚在一起，常常可以见到小乌鸦紧跟在大乌鸦的后边，但它们又总是汇入整个群体，一大片地飞来飞去，不知它们在这凛冽的冬天飞到西边去做什么。

在民间的各种传说里,乌鸦可以说是一种奇怪的结合体,一部分传说——起码是传说,说它们是吉祥的象征,一部分的传说说它们又是不祥的,是死亡的预言,它们出现在哪里,哪里就会有人死去。

我父亲快去世的那几天,我忽然见到了黑色的大乌鸦,不知道从什么地方飞了过来,张开大翅膀飞落下来,一时还落不稳,翅膀张几张才落稳,就蹲在父亲病房外的大树上,够十几只,这真是让我觉得害怕。我和我的兄长在医院的住院楼绕了一大圈,几乎把住院楼四周的树都看了个遍,发现只有父亲的病房外的树上落有乌鸦,我和兄长把这些乌鸦打跑,它们很不情愿地飞起来,但很快又落在父亲病房外的树上,结果我的父亲没过几天就去了另一个世界,也许,这只是一种巧合。

各种的鸟里边,乌鸦的叫声不算太好听,是有那么几分嘶哑,而且又是大嗓门,它们从我的头顶飞过的时候,我总是无法忽略它们的"哇哇哇哇,哇哇哇哇",所以它们的民间名字叫"老鸹",乌鸦的叫声怎么说都不能说是动听。人们喜欢喜鹊,多半是因为它们的叫声清脆好听,是它们的叫声给它们加了分。在乡村,大清早起来,薄雾弥漫,一个又一个大草垛在雾里朦胧着，树也刚刚醒来，这时候喜鹊出现了，它们总是落在最高的树枝上，尾巴一点一点，"喳喳喳喳，喳喳喳喳"，真是清脆好听。就像是我们用很快的铲子在削大块的冰，哈尔滨的冰雕艺人总是这么做，那声音亦真是清脆爽然。

其实喜鹊和乌鸦都是鸦科，但因为叫声不同，它们的命运也就不同了。在中国的神话中，喜鹊是桥梁建筑师，每年的七月七是它们最劳累的时候，它们会飞到遥远的天上，去银河两岸给牛郎和织女搭一座桥，所以每到这一天人们几乎都看不到喜鹊。可以想象，七月七这天天上的银河两边是多么热闹。喜鹊的叫声总是能让人们心头一亮，可以说喜鹊是沾了它们叫声的光，就像是歌唱家，他们通身的光芒都是他们的歌声给带来的，比如帕瓦罗蒂，歌声让他变成神一样的男人。如果没有歌声，他仅仅是一个十分肥硕的男子。

乌鸦的叫声沙哑老迈，古人的诗里往往有十分清晰的画面。"枯藤老树昏鸦"，只这一句，整个画面是活的。黑色的昏鸦蹲在毫无生气的老树上，这还不够，索性再怪乱一点，又加上了纠缠扭曲的老藤。

我家那个朝南的露台，如放把椅子坐在上边，可以平对西山。有时候就想，不如就把堂号改为"平山堂"，便是李白那句

"相看两不厌"的意思。再细想，也是没意思，一个人把自己夸大到和山一样，其实是自损阳寿。

四五月间，坐在露台上，虽看不到乌鸦，却看到西边山上风力发电的风车在慢慢旋转，我只管它叫风车，就像小时候玩的那种，山上几十个大风车同时在落寞地转。不像是发电，倒像是在给这个闷气的小城吹吹风。恰好那天，有朋友过来请画扇子，那山上数十个风车忽然给了我一点点灵感，我便在扇子上画几笔山水，山上立着这风车，石涛若在，不知他会做何感想。但现在大家都知道那是发电的物件，并不是风车，但因为有趣，我在扇的另一面只写"空调"二字。扇子是季节性的物件，而乌鸦亦是季节性的，就我而言，我只能在冬天看到它，查查百度，虽然说乌鸦是留鸟，但它们的生活方式是冬天在城市里安居，而到了夏天便成群地飞向了时风时雨的乡村。

在中国，乌鸦无处不在，但在中国人的心目里，人们对乌鸦总是敬而远之，成群的乌鸦一旦出现在人们的视野里，人们便会在心里感到不安，而这不安又说不清是为什么不安。是模糊的，说不清的，而因为这说不清，就让人感到更加的不安。

乌鸦在中国的神话里出现得亦是很早，但在商周留下来的玉器里却又没有它的影子，这亦是奇怪的事，就好像猫这种宠物亦不见之于商周玉器，汉唐玉器及壁画里也不见猫的影子。而公元前的埃及却把猫奉为神，人们去神庙献祭，是要向神献上猫的木乃伊，当时古埃及有专门做各种动物木乃伊的作坊，整条的大鳄，也会伏伏贴贴被亚麻布一层一层打包好，准备给人们带去向神献祭，我们只是不知道鳄鱼的木乃伊是要敬献给什么神。

在埃及的一处古墓里，一次性发现过上千只猫的木乃伊，个个被亚麻布打包得好好地放在那里，就像是柜台里陈列待售的货物。这么多猫的木乃伊来自何处？我们从史书上得知，古埃及人是把猫奉为神灵的，伊斯兰军队攻打古埃及城堡，怎么也攻打不下来，用什么办法都不起作用。后来有人给他们出了主意，让他们养了大批的猫，然后，让那些士兵每人抱着一只猫一步步走向古埃及的城堡。结果，城堡马上就沦陷了，因为古埃及人看到了那些被伊斯兰士兵抱在怀里的猫，他们只好纷纷扔掉了手里的武器。

在我的收藏品里，有好几串青金石的古埃及时期的项链，项链上边是青金石的长珠，湛青的长珠拦腰贴着一道火焰般的金箔，湛青的蓝和闪烁的金色放在一起真是好看。这长珠与长珠之间每隔两颗便会有一只青金石雕刻的小猫。碧青的小猫，蹲在那里，望着远方，有说不出的神秘。

猫这种形象，早在公元前就出现在古埃及的饰品里，而我们商周时期的艺术家虽然对各种小昆虫和动物都投入了莫大的热情，却为什么见不到猫的形象？唯一可以回答的是那时候猫还没出现在我们这片土地上。还有，乌鸦也从来没有出现在商周艺术家的视野里。

在我们的远古神话里，虽然乌鸦一直是太阳里的居民，但我们对它知之甚少。乌鸦本是黑的，而住在太阳里的乌鸦据说却又是金乌，金色的，并且是三足，古代的神话，那些非凡的精怪均有其与众不同之处。三足金乌的与众不同是它住在太阳里，我们只知道这些，至于它住在太阳里都有些什么业绩，古代的典籍里竟然是一字记载全无。

而据外国的神话学者研究，说三足金乌的三只爪子分别对应早晨、中午和黄昏。这种说法是什么意思？谁也不知道这种对应有什么意思，在中国神话传说中，后羿射日故事里的十日是帝俊与羲和的儿子，金乌便是他们的化身。所以在古代，太阳又称作"金乌"。古人对金乌的解释，通常有三：日驭、日精、禽役。日驭之说，意为太阳的座驾。日精，亦称阳精、阳乌。东汉许慎《说文》载："日，实也，太阳之精，不亏"。清人段玉裁解释为"盖象中有乌"——篆文中，日的写法里有飞鸟的形象。虽说是金乌，金色的乌鸦，但长沙马王堆出土的T字形长条帛画里，太阳上的那只乌鸦却出乎人们意料照例是黑的，却不是金色。可见到了汉代，关于太阳里的金乌已经是语焉不详了，连它是什么颜色都似乎不重要了。就像我们现在，许多人并不知道"日"字里边的那一横原来是一只乌鸦。

而我个人，从小喜欢乌鸦说来也着实好笑，我只喜欢它不像锦鸡孔雀那样因拥有锦衣花帽而沾沾自喜，乌鸦只是一身黑衣，浑身上下再无他色，像京剧《三岔口》里的刘利化。

乌鸦在天上飞的时候也真是端然大气，从来都不会像麻雀斑鸠那样急起急落，而是大翅阔垂，从容来去。锦鸡孔雀以及只在新几内亚雨林才能让人一见的天堂鸟，它们的羽毛华丽到不能再华丽。它们长期住在雨林里，偶尔会在丛林猎人的眼前一闪一跃，是现世令人惊艳的浮光掠影。而乌鸦的那种黑却像是来自另一个世界，是不可知的黑，这便让人知道各种的玉石里边为什么深绿如黑的碧玉最贵，原来一切的大颜色只在黑里边深藏。

非洲雨林里的天堂鸟华丽则华丽，也只是闪烁来去，也只是一只两只在那里自己显摆给自己看。而乌鸦若一旦飞动，则是满天都是黑，像是有人在青天白日无比空阔的空间突然泼了墨，半个天都黑起来。有时立在屋下抬头看一大片乌鸦"哇哇"飞过，那才真是檐头青森，让人在心里起敬畏，而这敬畏又是不可知的。

在这世间，唯有这让人不可知才真正令人敬畏。乌鸦便是这种鸟。

古时的三足金乌没有人见过，人们现在见到的乌鸦大多是一黑到底，是衣衫鞋帽皆黑，虽是黑，却是庄严安稳。小时候看旧戏，每有大事，要轮到穿朱衣的道台巡抚们八字步出场，照例是穿黑衣的皂隶手持一头黑一头红的齐眉棍先一双一对地出来，且喉间一齐发声，便觉有说不出的威严盖世，比击鼓敲锣都怕人。如让他们着了黄衫或绿衣便比不得这黑衣让人心惊。看程砚秋的《荒山泪》及至那女主人公着了黑衣从后边急步上场，真是让人心里万般惨然！黑衣白裙真是只靠这一黑一白道尽人间委屈。

天上的鸟种类繁多，而唯有成百上千的乌鸦飞过的时候才像是要有什么大事发生，才让人心里起一阵震动。南来北往的大雁一会儿一个"人"字，一会儿一个"一"字地飞过亦是飞，却只让人想到春雨秋风时序演递。麻雀亦是成群地飞，却不会让人心惊。鸽子上百只一起飞起来，是一片哗然，亦不会让人心里起震动。而唯有乌鸦，每一次集结飞临都像是有什么大事要降临。而古人，却并没有在乌鸦身上做过多少文章。比如，历代的诗词歌赋，写到乌鸦的几乎是没有，宋徽宗画院的画里亦是没有。而那无中生有的凤凰却到处都是，足见喜欢虚幻是人类的天性。

只说，且只说，商代和周朝的那些小型玉雕为什么竟然不见乌鸦的影子？还有猫？怎么回事？商代时期的人对自然界的大小生灵充满了好奇，从玉雕看那个时期，只说各种昆虫和各种动物，几乎什么都有，从大鳄鱼到小小壁虎，从肉鼓鼓的青蛙到打挺跃起的鱼，而且是各种的鱼，再从蚂蚱到蜻蜓，而且还有成双成对正在性交的螳螂，而猫呢，乌鸦呢，它们在哪里？它们从来都没有出现在商周的器物纹饰里。

在博物馆里流连的时候，我特别爱去的地方就是玉器陈列室，我在那里可以看到很多正在奔跑或凝神伫立的兔子、站立的牛和卧在那里的牛，还有各种的鸟。在商周时期，人们还没把目光放在植物上，商周玉器上清一色都是动物纹，植物的纹饰在商周玉器上完全是个零。而到了唐宋时期，植物纹饰才慢慢出现，才慢慢舒枝展叶开出硕大的宝相花朵。

商周时期，被人们首先看重的鸟应该是猫头鹰，猫头鹰在古汉语里被称为"鸮"，鸮的样子即使是在今天看来也足够古怪，在各种的鸟里边，可以将头一百八十度旋转的鸟好像是不多，我怀疑鸮的脖子里被上帝安上了轴承，即使是新几内亚的舞蹈和化妆高手天堂鸟也好像没有从上帝那里学到这门绝技。

猫头鹰可以静悄悄地蹲在枝头一动不动就是半天，只有当它将它的头部向这边或是向那边旋转的时候人们才会发现它的存在。猫头鹰的另一个绝技是可以睁一只眼闭一只眼长时间凝然地望着你，它那金黄色的眼睛一点点也不会透露出它的内心在想什么。猫头鹰令人难忘的形象是它的耳朵看起来总像是两只朝上翘起来的角，所以商周时期的猫头鹰形象总是长着两只角，这就让它显得更加神奇。直到现在，人们还将商周时期的古玉鸮称为"兽头鸟"。

商周时期是个鸟崇拜时期，猫头鹰之后便应该是整天叽叽喳喳的鹦鹉，中国本土并不产那种华丽异常的大鹦鹉，当时大量的鹦鹉不知来自何地。鹦鹉的能说善言肯定让人们对它充满了不可知的敬畏，并把它当作是神。在商代的玉雕里，鹦鹉总是蹲在人类的头上或伏在人们的后背，这让人们能够感觉到它的地位，是它在指引或命令着人类的进退。从这里我们可以看到古人已经开始饲养鹦鹉。鹦鹉除了会学人类说话，它们还长有动辄会随着激动而一下子竖立起来的冠状羽，许多商周时期的玉雕都特别夸张了鹦鹉激动时候冠状羽直竖的形态。还有就是鹦鹉拥有鲜艳美丽的羽毛，蓝色和那种金黄色，还有那种绿色，蓝色的大鹦鹉现在在黑市里售价不菲，两万元一只已经算是便宜的。

在明代万历年间，十分流行穿鹦哥绿的衣服，西门庆，这位性欲旺盛的帅哥就常常穿了他的鹦歌绿长衫走街串巷拈花惹草。非洲土著的男人们，也十分喜欢用鹦鹉的羽毛装饰自己以出席部落的盛大聚会，谁的头上和身上漂亮羽毛多谁就有可能在男女聚会的场合上找到心仪的女人。而几内亚的本地男土著们就更加奢侈，他们直接用天堂鸟令人目眩的羽毛来装饰自己，我们知道天堂鸟的羽毛之华丽多彩简直是世上无物可比。而天堂鸟的舞姿之好简直是匪夷所思。雄性的天堂鸟一辈子所能做的事似乎就只能是不停地求爱和舞蹈，它们没有一点家庭概念，抚养下一代的工作完全是雌性天堂鸟的事，在这一点上它们完全不能和鹦鹉相比。

商周时期的鸟崇拜，排在第三位的应该是黑色的燕子，"玄鸟生商"这个故事从远古传到现在早已是语焉不详，时至如今，谁都说不清它的具体内容，似乎是，连一个完整的故事都无可讲述。而有一点，燕子亦是一夫一妻制，它们还是筑屋能手，而且是用泥土筑屋。"小燕子，穿花衣，年年春天来这里"，这首

旧情解构

儿歌是说燕子的，燕子总是和人类保持着不离不弃的关系。在民间，有一种说法，燕子来谁家筑巢，谁家的日子便会越过越好。而且，它们可以贴着地面飞翔的本领不是其他鸟类可比。我去菜市场的时候，几乎天天可以看到燕子在行人中间灵巧飞行，而奇怪的是它们永远不会碰在什么东西上。下过雨的时候，燕子居然会飞那么高，高到你只可以看到一个很小的黑点。

猫头鹰、鹦鹉，还有燕子，这三种鸟之外还有一种鸟就是鹰，鹰也经常出现在商周玉雕里边，而它也只是单独出场，但它不会像埃及神话里那样张开它们巨大的翅膀护佑着法老宝贵的头部。商代的玉鹰的造型几乎都是张开着它硕大的翅膀，妇好墓里出土的那只鹰便是这样，是落下来那一霎间的感觉。

我们现在真是很难想象鸟类在远古时期给了人类多少想象和向往，鸟总是飞翔在高高的天上。人们永远不知道它们在天上做什么，它们，从哪里来或者向哪里去？它们，和星星和太阳又是什么关系？直到现在，人们还想向鸟学习，想像它们那样在空中自由地飞翔。人们给自己特制了状如翅膀的那种衣服，穿上这种衣服，其模样，其实更像是一种会飞翔的鼠类，这种鼠的四肢上长有薄膜，一旦张开便能像鸟一样飞翔。他们从高处朝下一跃，然后随着气流向下方滑行，那只能说是滑行。我在纪录片里总是看不到他们怎么着陆。我想许多人都痴立在那里，也想看这现代的飞人怎么飞落，落是要落下来的，但不知他们会落成个什么样子。那种紧张只有痴立在地上看他们飞翔的人们才能感到，就像那些在高空上飞过的乌鸦，它们怎么能够注意到痴立在露台上的我。

我自己也说不清为什么会对乌鸦着迷。在整个冬天的早上或黄昏，我总是一个人静静地在露台上等待着我的乌鸦。"老鸹老鸹来喝水，奶奶给你包饺子"。小时候，我们只要一看到乌鸦便会念这首至今都不知道是什么意思的儿歌。奶奶和乌鸦，乌鸦和饺子，这是谁跟谁都挨不着的事。

小的时候，我一直很想养一只乌鸦。

站在露台上看乌鸦的时候，我一次次地想象自己在飞起来，加入它们之中去。很奇怪的是，几乎所有的人，在记忆里，乌鸦只在冬季出现。夏天来临的时候，乌鸦去了哪里？而我第一次在夏天见到一大群乌鸦是在上海的五角场。而且，长期以来我一直在寻找白嘴鸦。有一部小说，书名就叫《白嘴鸦飞来的时候》，在中国北方，没有长有白色喙的乌鸦。我也没有见过体形巨大的渡鸦，渡鸦的双翅展开据说有六十五厘米。

上海五角场，那时候五角场的水可真难喝，那种水是无法泡茶的，所以很长时间以来，我一直都对上海人喝的茶有所怀疑。一九八六年对我来说是个特殊的年份，我和我平生最好的朋友在五角场见面了，我们一起挤公共汽车去喝酒。又过了三年，我因为画展的事又去了五角场，我独自去了那个地方，那片草地上有几个人带着小孩在金色的夕阳里嬉戏。我明白自己去到那里完全为了让自己思念一下我的那个朋友。

在黄昏时分，我独自坐在长条木椅上，突然吃了一惊，我看到了那么多的乌鸦，不知从什么地方一下子就飞了过来，空气中充满了它们飞动时翅膀扇动的声音。它们分别落在五线谱一样的电线上和枝权披纷的树上，它们黑黑地落在那里，我能看得出，它们是准备过夜了。

完全是因为这些乌鸦，我忽然决定也要在五角场的草地上待一夜。我想象它们在晚上会时不时地发出一些响声。因为我在四川的青城山上，几乎听了一夜的鸟叫，是一只鸟，幽幽地叫了一夜，一声又一声，一声又一声，不知道它在诉说着什么。

这天晚上，我先是躺在五角场草地的长椅上，那种漆了绿漆的长条木椅。然后，当夜静下来之后，我又躺在草地上，夜晚的气息是随着夜越来越深而降临的，比如那种湿气，比如还有那种草的好闻的气息，都是后半夜的事。我在睡梦中听到了一声两声乌鸦的叫声，是它们在说梦话，或者那是它们在打哈欠。天亮后的情景真是让人难忘，我睁开眼的时候发现那些乌鸦都已经从树上和电线上落了下来，它们就在我的周围，在草地上，它们好像是无视我的存在，就在我的身边，几百只乌鸦，同时在进早餐，它们用喙啄开草皮找下边的虫子。它们在那里找东找西真像是一群因为饥饿而精神抖擞的流浪汉，又像是一群顶顶认真的农民在地里劳作。这天早上的五角场，因为这一群乌鸦，几百只吧，因为它们的存在，我周围的那片草地即刻展现出一派春耕景象，土地被翻开来，冒着清晨的凉湿之气。

我躺在那里，一动不敢动，生怕惊了它们，有两只乌鸦完全不把我的存在放在眼里，只在我身边乱啄，我亦是喜欢它们这样亲近我。我眯了眼，看它们的喙，喙上的那撮毛，乌鸦的喙竟是全黑，眼睛竟也是黑的，是全黑，黑得这样彻底，爪子亦黑，这不免让人有些诧异，几乎是所有的黑色的鸟类只要是给它们一点点光，它们的羽毛便会神异地发出金紫色或者是金粉色或者是那种极其少有的绿蓝色，而这些乌鸦却是漆漆黑。

漆漆黑的乌鸦，在我的周围踱来踱去。

我躺在那里，眯着眼看它们，在我周围踱步的乌鸦忽然像是个个高大有加，那一轮太阳升起来亦像是被它们从地平线上托起来的,我当时想到的一句古诗却是"鸦背下夕阳",真不知这个古人是不是坐在空客上看到的这般景致。

说到乌鸦的黑,有一个故事是这样的,当然是个外国故事,只讲乌鸦,它犯了错,被他的主人一下子扔到了火里,原先白色的它变成了一团漆黑。这不免让我想起日本的服装师山本耀司,他就是全黑,夜里出来进去便像是幽灵。有一阵子,我是很喜欢山本的服装,买了他许多衣服做行头,出来进去除了黑还是黑。后来又买他一件纯黑的斗篷,穿上便是一个侠,但每次穿它都要给自己把勇气先鼓起来,这样说吧,是要等着大风天,有风,斗篷才会是斗篷,风一吹,斗篷扬起来,整个人仿佛便有了仙气。那次,我穿了那件斗篷去医院看我夫人,她因做一个小手术须在医院待一两天。但我还没进医院便招来一大片的目光闪闪,这种闪闪的目光让我打消了进到医院里去的念头。便只一蹩,进了医院东边的那家名叫"黑乌鸦"的重庆火锅店,那家店的麻辣小龙虾很有名,每次吃这里的麻辣小龙虾,嘴便被辣到"嘶嘶嘶嘶",手里却还是不肯停,吃小龙虾,红红的只让人觉得有些莫名其妙的喜庆,肉其实没得多少。

在五角场,我想到了凡·高画的那张乌鸦,画的下方是金色的庄稼地，庄稼地上边是蓝色的天，画面上飞动着大群的乌鸦，乌鸦飞动的时候很少会把翅膀伸得直直地做滑翔状，也很少见乌鸦利用气流在滑行，它们总是拍打着翅膀。说到乌鸦，能够让孩子们兴奋起来的鸟类也许只有成群的乌鸦了。小时候，黄昏的时候，成群的乌鸦从天上飞过来的时候，小孩子们总是冲着天上的乌鸦大声喊："老鸹老鸹回家家呀，家里有个花褂褂呀"。儿歌总是让人解释不清，儿歌总是其意难明，儿歌总是随口编来，比如，这回说"家里有个花褂褂"，那么下回也许就是"家里有个大西瓜"。

乌鸦在天上飞，小孩子们在地下喊，齐声喊，这种记忆总是让人忘不掉。我的童年在山西，而萧红的童年是在黑龙江。她在她的《呼兰河传》里这样写道："待黄昏之后的乌鸦飞过时，只能够隔着窗子听到那很少的尚未睡的孩子在嚷叫：'乌鸦乌鸦你打场，给你二斗粮'。那漫天黑地的一群乌鸦，啊啊地大叫着在整个县城的头顶上飞过去了。据说飞过了呼兰河的南岸，就在一个大树林子里住下了，明天早上起来再飞。夏秋之间每夜要过乌鸦，究竟这些成百上千的乌鸦过到哪里去，孩子们是不大晓得的，大人们也不大讲给他们听。只晓得念，'乌鸦乌鸦你打场，给你二斗粮'。究竟给乌鸦二斗粮做什么，似乎不大有道理。"

萧红说的这个关于乌鸦的歌谣也是讲不清楚在说什么,我们小时候念的那个关于乌鸦的儿歌也说不清。是,关于乌鸦的许多事其实都说不清,乌鸦是一种神秘的鸟。

长期以来,我一直在商周的老玉里寻找乌鸦的影子,却始终不见。

宋画里边画有许多的鸟,但亦是不见乌鸦的影子。有一个时期,我认为画上的八哥就是乌鸦。但鸟类学者告诉我们八哥和乌鸦没有一点点关系,它们完全是两个科属。

乌鸦是一种什么样的鸟?是喜欢它的人和不喜欢它的人都会对它敬而远之。喜欢它而在家里养宠物样养一只乌鸦是很少有的事,而不喜欢它的人也不见得会去用枪将它们一只一只射杀。乌鸦是神秘的,总是让人们在心里起一种敬畏。人类的集体记忆说来是一件怪事,在北方,在我的故乡东北或在我现在的居住地山西,人们办喜事的时候特别忌讳乌鸦的出现。

乡下的旧式婚礼是有诸多讲究的。

婚礼要大办三天,第一天家亲们先过来,商量办事的种种大小事,在我们那里,还是要旧银圆出场当彩礼,一家人会在灯下把高价买到的袁大头用牙膏擦拭得要多亮有多亮,然后在上边用朱砂写双喜字。这让我想到胡兰成在他的《岁月山河》里写到的细节。然后会商量酒席宴上上什么酒水上什么香烟以及糖果,桌席上是几冷几热各是什么。说到办喜事,还是乡下热闹,亲戚们来了住下,此刻家里家外是一片喜庆。早上要炸喜糕,远近乡邻都要送到,每户一碗素菜一碗炸糕。

在我的老家东北,办喜事最怕碰到乌鸦,如果这边办喜事而那边突然飞来一群乌鸦,这时候是要请萨满师父出场做法事的,也就是要对着那群乌鸦念叨念叨,请它们赶紧离去。并且会对办喜事的这家人说那些乌鸦都是"出马仙",是前来贺喜的。萨满教是古老的宗教,几乎遍布全球,萨满师父头戴鹿角和鹰的羽毛,裙子上缀着铜镜和铃铛,还有乌鸦的黑色羽毛,她击鼓起舞的时候,缀在裙子上的乌鸦羽毛亦随之飞扬起来。说来也怪,只要萨满师父一出现,只要萨满师父一敲响她的鼓,乌鸦会马上离去。

关于萨满教跳大神,萧红在《呼兰河传》里边有极好的描写,她这样写道:

呼兰河除了这些卑琐平凡的实际生活上,在精神上,也还有不少的盛举。如跳大神,唱秧歌,放河灯,野台子戏,四月十八娘娘庙大会……先说大神,大神是会治病的,她穿着奇怪的衣裳，那衣裳平常的人不穿；红的，是一张裙子，那裙子一围到她的腰上，她的人就变了样了，开初，她并不打鼓，只是一围上那红花裙子就哆嗦。从头到脚，无处不哆嗦，哆嗦了一阵之后，又开始打战，她闭着眼睛，嘴里边叽咕着，每一打战，就装出来要倒的样子，把四边的人都吓一跳，可是她又坐住了。

大神坐的是凳子，她的对面摆着一块牌位，牌位上贴着红纸，写着黑字，那牌位越旧越好，好显得她一年之中跳神的次数不少，越跳多了就越好，她的信用就远近皆知，她的生意就会兴如旭日。那牌前，点着香，香烟慢慢地旋着。

那女大神多半在香点了一半的时候神就下来了，那神一下来，可就威风不同，好像有万马千军让她领导似的，她全身是劲，她站起来乱跳。

大神的旁边，还有一个二神，当二神的都是男人，他并不昏乱，他是清晰如常的，他赶快把一张扇鼓交到大神的手里，大神拿了这鼓，站起来就乱跳，先诉说那附在她身上的神灵的下山的经历，是乘着云，是随着风，或者是驾雾而来，说得非常之雄壮。二神站在一边，大神问他什么，他回答什么。好的二神是对答如流的，坏的二神，一不加小心说冲着了大神的一字，大神就要闹起来的，大神一闹起来的时候，她也没有别的办法，只是打着鼓乱一阵，说这病人，不出今夜就必得死的，死了之后还会阴魂不散，家族、亲戚、乡里都要招灾的，这时吓得那请神的人家赶快烧香点酒，烧香点酒之后，若再不行，就得赶送上红布来，把红布挂在牌位上，若再不行，就得杀鸡，若闹到杀鸡这个阶段，就多半不能再闹了，因为再闹也没有什么想头了。这鸡、这布，一律都归大神所有，跳过了神之后，她把鸡拿回家去自己煮上吃了，把红布用蓝靛染了之后，做起裤子穿了。

萨满师父跳大神在萧红的笔下可谓鲜活生色。萨满教是多神论，是什么都可以成仙，各种的动物且不说，乃至一块石头一棵树都可以成仙，而这些仙又分"家仙"和"出马仙"。有些动物一出现就是"家仙"，而有些动物注定只能做"出马仙"。"家仙"的地位要远远高于"出马仙"，比如乌鸦，它永远只能做"出马仙"，而永远也不可能上升为家仙。乌鸦在萨满教里一旦被请到，它肯定是从天庭上飞下来，因为它飞得高可以看到地上许多的东西，所以，关于它的唱词一般都是飞高望远。这一望可了不得，都能望到另一个世界，也许都看到了墨西哥。

在萨满师父的唱词里，关于乌鸦的唱词都离不开太阳，说乌鸦住在太阳宫里，亮堂堂可以上看天下看地，只此一点，可见萨满教的历史古远。抚顺有一个萨满师父，她与众不同的地方是会说英语，据说能与世世代代居住在英国那边的神灵沟通。我在心里，我宁肯她会印第安人的语言，要她和印第安人对话。

在各种鸟类里，乌鸦的记忆是特别的好。有人拍过一部关于乌鸦的片子，搞试验的人们戴了面具出现在乌鸦面前，因为面具的狰狞，乌鸦一下子就记住了这个人。每当这个人出现的时候，乌鸦便会发出惊恐的叫声，并且告诉它的同类。但乌鸦不会像别的鸟类那样被无情射杀，起码在中国，人们对乌鸦的态度好像永远是敬而远之，没人会去主动攻击乌鸦或主动和它们亲近。

乌鸦在中国，既是吉祥的鸟类，又代表着不祥。有人把麻雀整袋整袋地弄来当作下酒的美味，而没人会想到去弄几只乌鸦来烧烤。乌鸦、鹰隼和猫头鹰，起码在中国是没人吃的，这三种鸟的行为各有怪异之处。鲁迅先生在他的一篇小说里写到过吃乌鸦的事，好像是在《故事新编》里。读这篇小说，莫名地会在心里起一阵反感。我想，即使是在荒年也不见得会有人打乌鸦的主意，只要想一想成群的乌鸦飞落在动物或人的尸体上啄来啄去，人们更不会打乌鸦的念头。

战乱年代，乌鸦落在战场上啄食尸体的场面是寻常可见而且是恐怖的。"一只乌鸦叼了一颗战死者的眼球飞走了，另一只乌鸦落在一具尸体上开始它的啄食"。有一部以战争为题材的长篇小说这样写到了乌鸦。当然有时候，喜鹊到时也会"喳喳喳喳"地加入这种会餐里来，但没人会把喜鹊啄食死尸的事写在文学作品里边。

据说乌鸦吃尸体的方法是先啄出死者的眼睛，然后通过眼眶再把死者的脑子啄食掉，战场上死去的战马几乎都是被它们这样啄食得干干净净的。可以想象在古代的战场上空，总会有成群的乌鸦在飞旋。乌鸦的爪子还有乌鸦的头骨据说都是避邪的圣物，它们常常出现在巫师们的手里，但具体怎么作法却不得而知。听人们说猫头鹰的粪便也会被巫师拿来作法，是烧香一样地烧起来。然后，接下来，一般人就不知道了。

猫头鹰是吃老鼠的好手，据说猫头鹰的一个屎团里会有大约三只老鼠的毛和碎骨，都是猫头鹰消化不了的。有人说那是它拉的屎，其实是它的呕吐物，从后边要拉是拉不出来的，只好从前边吐，一边吐一边发出阵阵怪叫。这就不难解释为什么人们在半夜的时候总是听到它们的叫声。据说猫头鹰的叫声很是难听，这就像一个人在呕吐的时候不会发出像美声唱法一样动听的声音一样。

旧情解构

　　猫头鹰和乌鸦不同，人们在白天几乎很少能见到猫头鹰的踪影，猫头鹰也很少结队出游在天上飞翔，它们的飞翔能力令人怀疑。猫头鹰总是落在枝头上，给人们的感觉是蹲或坐的样子，是十分安静的。它一旦突然起飞也是十分的轻盈，一点声音都没有，是无声机，或者更像是幽灵从天而降。各种鸟里边，猫头鹰可以用"怪异"这两个字来形容。各种大大小小的猫头鹰里边，人们像是比较喜欢那种常年住在仓库里的被叫作"仓鸮"的猫头鹰。人们会在仓库的上方给它们留一个可以自由进出的洞，听任它们飞进飞出。说到乌鸦和猫头鹰，人们都有点怕它们，或者是不喜欢它们，更没人会想起吃它们的肉，所以它们的生活都很安宁，绝对没人会去追杀它们。

　　当然也有例外，比如，我的一个朋友，从小得了癫痫，动不动两眼一翻就躺地上了。民间的治病土方是一个比一个奇怪，说是治这种病得吃一只猫头鹰，好嘞，他的父亲就去找猫头鹰，居然被他找到，像杀鸡一样把猫头鹰给杀了，煺了毛，像炖鸡一样给他把猫头鹰炖了吃。结果是猫头鹰吃了那么一只，也不见他的病好。后来又让他吃乌鸦的蛋，不知从什么地方找来了乌鸦的花壳蛋，煮了给他吃。据说去乌鸦窝里取乌鸦的蛋是要一边取一边要念叨几句："不是我取你的蛋，不是他取你的蛋，玉皇王母下天庭"。就这么几句,什么意思呢?前言不搭后语,谁也不知道是什么意思,是莫名其妙。玉皇和王母下天庭什么意思呢?谁知道!流传于民间的童谣往往来源甚古,古到都不好去做考证,民间歌谣的生命力特别地顽强,一代代口口相传地传下来,人们知道怎么念怎么说,但往往已经不知道它们的含意。

关于乌鸦,远古的事是讲不清楚了,而可以讲得清清楚楚的是清代满族人对乌鸦的崇拜是怎么来的,完全是因为努尔哈赤在一次作战中一大群乌鸦挡住了敌人的箭。为了报答再生之恩,清兵入关以后下令不准屠杀乌鸦,并在故宫里边建造了一根柱子,定时喂养乌鸦。旧宫苑因为人少清静,总是会住着许多像乌鸦这样的鸟类,除了乌鸦据说还有小型的狐狸,这种小巧的狐狸的名字就叫社狐。社狐和小仓鸦,都是与人类关系极亲密的动物,它们直接就住在人类的生活区域里。但说旧宫苑人少因为清静,所以才有大量的乌鸦住在那里的这种说法也不见得准确,比如北师大,到了晚上乌鸦也特别多,而北师大到了晚上人总是很多,几乎每个角角落落都有情侣们在那里如胶似漆交谈。

我想,清代满族人对乌鸦的崇拜会不会与古老的萨满教有关呢?这是一个值得研究的问题。满族人与乌鸦的关系可以从每年一次的祭索伦杆子看得出。索伦杆子又叫"斗杆",因为在杆子上置有一斗，祭索伦杆子必须要用黑毛猪，其他毛色的猪没有这个资格。花毛猪和白毛猪都不能用来祭索伦杆子，猪要在索伦杆子下杀好，然后把猪肠和猪的膀胱、猪胆都放到索伦杆子上边的那个斗里等着乌鸦来吃，同时来吃的还有喜鹊。

故宫里设有索伦杆子，祭索伦杆子就是祭天，皇帝祭天要去天坛，是代表着整个国家。而宫里祭索伦杆子则是他们满族自己的家事，索伦杆子有多高且不说，据传说有盗贼潜入故宫就蜷着身子睡在索伦杆子上边的斗里，这得有多么好的身手，民间把这种盗贼叫作"飞贼"。

在我的故乡抚顺，满族人现在还年年要祭索伦杆子。杀完猪，挂一块猪骨头在索伦杆子上，再把猪的肠肠肚肚放在索伦杆子的斗里，乌鸦便会如期飞临。乌鸦是鸟类里最聪明的鸟，想必它们记着这个杆，记着这个日子，每到这天，它们会集体飞临。

再说到乌鸦与宗教的关系，在中国的道教传说中，乌鸦是一种神鸟，武当山山腰有一片"乌鸦岭"，旁及南岩宫，那几乎是游山者必经的中转歇脚处，再往上就直攀金顶了。如果在山间投宿，选择这里也方便。但不少人对乌鸦岭这个地名心存忐忑，民间向来认为此鸟不吉，而武当山把乌鸦封为神鸟与玄武修道、乌鸦唱晓的神迹传说分不开。玄武大帝就是武当山的"本尊"神圣，所谓"非玄武不足以当之"，传武当之名便由是而来的了。武当山一直流传有"玄武修道，乌鸦指引"的传说，说的是真武大帝来此处修行，半路迷途，幸有乌鸦指引，后真武得道，封乌鸦为神鸟。真武大帝又称玄天上帝、玄武大帝、佑圣真君玄天上帝、无量祖师，全称真武荡魔大帝，是汉族神话传说中的北方之神。

我去武当山写生，专门去了一趟乌鸦岭，但没看到乌鸦，可能因为是夏季，乌鸦去了别的什么地方？乌鸦与道教的关系也是语焉不详，有什么太详细的传说？好像是没有什么传说，而没有什么具体的传说才让乌鸦更具神秘色彩。乌鸦的从头黑到脚，乌鸦的叫声，乌鸦成百上千地同时出现在天上，乌鸦一动不动待在枝头上的样子，都让人觉得神秘。还有乌鸦的反哺，在鸟类里边可能只有乌鸦会这么做，在它们长大后会反过来哺育它们的母亲，这简直是感人至深。这与它们啄食腐败的动物尸体行为加在一起，让人们无法简单地说它好还是坏。而当它们成百上千地从天上飞过的时候，我想每个人都会在心里有所触动。

乌鸦是一种不容亲近的鸟，而乌鸦又是一种能够与人类保持着最近距离的鸟。乌鸦是一种活在神话中的鸟，而同时它也活在现实中，它们一点点都不像传说中的凤凰与龙，凤凰与龙的身影只能在传说中出现。从色彩上讲,乌鸦是黑色系的鸟,黑色是死亡的颜色,死是黑暗的,黑色又是夜的颜色,一切都在这黑暗中隐藏着。黑暗是令人在内心觉着恐怖的颜色,一般来说,人类是不喜爱黑色的,黑色总是给人们带来某种不祥的感受。从声音上讲,乌鸦的叫声是嘶哑的,不明亮,老气横秋的,但不嘹亮不等于不会引起人们的注意,就像是蚊子的叫声,虽然小,却特别的扰人。乌鸦的叫声也是如此。不是传说赋予了它什么,而是叫声本身让人们不会喜欢。乌鸦的叫声在声区上属于中音,你既不会忽略它们,又不会特别地欣赏它们。这种叫声伴随着某种我们不会太喜欢的画面,于是,在人类的集体记忆中便留下了不怎么好的印象。

而我,为什么痴迷于乌鸦?在冬季,每天早上八点左右我会去露台上守望它们,到了傍晚五点左右——因为冬季五点左右天就已经差不多要黑了,到了这个钟点,我会再次去露台上守望乌鸦。在冬季将要过去、春季即将来临的日子里,天上的乌鸦越来越少。为了乌鸦,我几乎成了一位乌鸦学学者。许多人并不知道乌鸦是留鸟,它不会像候鸟那样随着季节变换而迁移。春天是各种鸟都出现的季节,在这个季节里可以看到一些鸟类中的匆匆过客。它们穿着艳丽的花衣服在枝头飞来飞去,它们是在叽叽喳喳地相亲，接下来是娶妻生子。也仅仅是几天的工夫，再过几天，它们就不知道又去了哪里。"笃笃笃笃、笃笃笃笃"，花冠子的啄木鸟在那里啄了，这啄声，有许多年没有听到了，这让我想起小河边的清晨，在那静静的小河边，一个人的清晨，河面上起烟的清晨……

现在想想，我对乌鸦的喜爱与我住在公园西边的那些日子分不开。那座被漆成绿色的老木桥早已不复存在，那是座拱形的桥，横跨在公园西边的那条河上。河里的水从我记事起就已经很少，在夏季暴雨过后的日子里，河里的水会白晃晃地涨上来。这条河再往西边的地方是果园，果园在春天花开的时候，怎么说呢，记忆中那粉白粉白的花晃得人都睁不开眼。

我喜欢在夏天的早上去果园那边散步，沿着果园东边的那条小河，河的东边是一家医院，红砖楼，白色的大理石廊柱，丁香花。因为紧靠着医院，所以河边总是让人能闻到一种从医院里发出的气味。我带着一本外国小说，沿着那条小河走，往北边再往北边，果园的北边是一大片开阔的空地，上边长着许多东倒西歪的老树。就这片老树，是乌鸦的乐园。如果说在我们那个小城的夏天里可以看到乌鸦的话，那么只能在这里，而这现在也只能是一种回忆。那些数也数不清的黑色乌鸦就落在那些枯死的大树上，早上和傍晚的时候它们黑压压地落在那里。

后来，有人对我说，那些乌鸦落在那里是等着医院当作垃圾一样扔出来的死婴，还有动手术从人体上取下来的残肢或别的什么。但我不怕这些，我一直认为这只是民间的一种传说，我坐在一株倒在地上的老树上，看着那些乌鸦，也只有在那里，我才看到了乌鸦在做一种游戏。一只乌鸦，将一根干枝叼在嘴里飞向天空，一直飞一直飞，飞到很高的地方猛地将叼在嘴里的干树枝抛了下来，而在干树枝还没有落到地上的时候它又俯冲下来将那根干树枝重新叼在了嘴里。这样的游戏显然让它们入迷，我在下边看得也很入迷，我是在那个时候才知道乌鸦在玩游戏，而且它们是一种喜欢自娱自乐的鸟。

还有一次是下过了雪，我在雪地里散步，沿着永宁路从东往西走，永宁路重新修了以后很宽阔，我没事的时候很喜欢在这条道上散步，这条路的名字是根据一座北魏时期很古老的寺院永宁寺得来的，而那座寺院早已片瓦无存。永宁路的道两边停满了小汽车，汽车都被白雪覆盖着。我忽然看到了两只乌鸦，它们都待在汽车顶上，它们跳来跳去在玩游戏，像小孩儿打滑车一样让自己躺在汽车前盖的雪上，利用车盖的那个坡度让自己从上往下滑，滑了一次，又滑一次，然后再把身子侧着躺在雪上再滑下去，然后它站起来，再跳上去再躺下来再滑。我一时在那里看呆了。据说乌鸦的思维相当于五岁的孩子，也就是说，它们其实永远是个孩子。谁也说不上来鸟类们自娱自乐会玩多少种游戏，只是我想不明白是谁把游戏的方法教给它们的，有些游戏的难度是相当之高。比如，两只乌鸦在高空互相把对方的爪子抓紧，然后两只鸟开始凭着惯性在天空打转，在旋转中它们知道该在什么时候把对方松开，否则会双双落地。这种游戏又近乎一种体育竞技，真不知道它们的教练是谁。

那片长满了老树的空地早已经不复存在，那条小河也早已消失，还有那栋红砖大理石廊柱的老楼，都已经不复存在。而乌鸦还在，只不过它们飞向了不可知的地方。乌鸦真是一种智商极高的鸟类，还有雄性的极乐鸟——热带森林里的浪荡子，除了到处勾引女人就是跳舞取乐，它们的一生好像只是为了让雌性鸟眼花缭乱。但我总觉得极乐鸟所到之处都是舞台演出的那种效果。而乌鸦却是家常的，易于被人接受的，是生活中的自娱自乐，就像我们早上起来看到一个健壮的大孩子在那里踢球，兴冲冲地一个人在玩足球。他一边玩一边知道有人在看他，但这丝毫不会影响到他的兴致，乌鸦就是这样的。与乌鸦接触久了，你会感觉到乌鸦的脑袋里长的不是鸟的脑子而是人类的脑子。

去年的四月,我还在阳台上守望乌鸦。

整个冬季它们总是早上从东到西,晚上从西到东。

我仰着头看它们的时候心里总是想,它们注意到我没有?

"喂——"我有时候会忍不住大声对着天上喊。

在这个四月,真是让人想象不到,我在露台上守望乌鸦的时候想不到看到了让人意想不到的东西。我认为有必要把这些记下来,这可能会成为我研究乌鸦的阶段性收尾,也许不能说研究,而可以用留意和追踪来说明我对乌鸦的关注。

那是下午时分,五点半左右,再过半小时天就要黑了。我期待着乌鸦从北边飞来,早春的风吹着我,让我觉得自己是待在流动的水里。我仰望着,却连一个乌鸦的影子都没有看到。天空上布满了薄云,在夕阳的照耀下,那些薄云绮丽得就像是鲍鱼壳一样。偶尔,有麻雀匆匆掠过,然后就是鸽子,鸽子是在归巢,麻雀也在归巢。

已经是暮色四合的黄昏时分,我突然看到了什么,太让人吃惊了,先是,我看到了一个东西在天上飞,我以为是一只乌鸦出现了,终于有一只乌鸦出现了,但我从来都没有看到过一只乌鸦在天上孤零零地飞。而且,乌鸦一般都是从西往东飞,而这只"乌鸦"却是从北向南飞。我再细看,那不是乌鸦,因为没看到它在拍动翅膀，再细看，它根本就没有翅膀。我马上觉得这是一个被气流吹向高空的塑料袋，在随着高空气流飘浮。但再仔细看，我就更吃惊了，那哪是什么塑料袋，那是一个人。

一个人在天上飞，穿着黑色的衣服，并不是古典的那种长袍，而是上衣和裤子。他在天上慢慢从北往南边飞，他飞的姿态也不是我们习惯看到的那种"飞天"式，头朝前、脚朝后地飞，他是站立着的，脚下也没有云彩，而且他不是直线地飞，而是时快时慢，有时朝这边一点有时朝那边一点。他飞得是那么高，从我站立的露台上看去他是那么小，但我还是看清楚了，是一个人在天上飞。我又在想，这是不是一只风筝？但我马上明白这不是风筝，因为风筝不会有那么长的线。我就那么站在阳台上一直看着他在飞，他很小很小，这能说明他的高度，他从西边一直往南边飞，飞行了大约有二十分钟，然后消失在我们这个城市南边的楼群。

这太让人感到吃惊了。我马上给上海的朋友打了电话，上海的朋友说会不会是身上有飞行器的那种人，因为在国外刚刚发生了一件事就是一个人背着飞行器突然降落在总统的面前，那段珍贵的录像我看到了，但靠飞行器飞起来挪移的人不会飞那么高。我当即认为是我们这个城市出了高人，比如说，他掌握了从古代传下来的飞行术,而且我固执地认为他一定是道家。除了修道之人,其他人是办不到这种事的。

这真是一件让人兴奋的事,因为我感觉到这个在高空飞行的人就是我们这个古老的小城里的人。我把电话马上打给了道教协会的一个人,他们也感到吃惊,说解放前听到过有这种人,能御风而行。他问我这个人的服饰是什么颜色,是黄色还是黑色,我告诉他是黑衣,是上下两件,上衣和下衣都是黑的。我的道教朋友说那就对了,那就是道家,如果是佛教里边的修行者,那他们一定是黄色的衣服。我的这位朋友又说,新中国成立后就没听说过有这种异人了,你说的这个人的飞行术已接近了仙,已不是一般人。但据他所知,在中国,还没听过谁能练到在高空飞行的本事。我的朋友问我没事朝天上看做什么。我说我在看乌鸦,我从冬天一直看到了现在,而那些整天飞来飞去的乌鸦却突然不见了,而它们又不是候鸟。我对我这位朋友说,这件事我对谁说谁都不信,但我明白,我明白那是一个人在天上飞。我的朋友说他相信,这种事一定会有。

"飞得有那么高吗?"他说。

"就那么高。"我说。

"你一开始就明白它不是乌鸦吗?"他说。

"我一开始以为是只乌鸦,到后来我以为是一只被风吹起来的塑料袋,但后来我才看清那是一个人。"我说。

"穿着黑衣服?"他说。

"是的,穿着黑色的衣服。"我说。

"飞了有二十多分钟,从北向南。"他说。

"对,足够二十分钟,从北向南飞,飞到最南边的楼时不见了。"我说。

我和朋友说话的时候下边有人敲门,是送快递的小哥来了。那几天,我们正在和几个喜欢乌鸦的朋友合计成立一个民间的乌鸦研究会,随便怎么叫吧,是大家都喜欢乌鸦,索性就聚到一起研究一下乌鸦,比如,冬天的时候我们会在城东、城南、城西、城北各设几个观察点,看看在这个城市一共居住了多少群乌鸦,每群乌鸦是否有自己独特的飞行路线。朋友们还计划是否可以跟踪一下乌鸦,看看它们每天到底能飞多远,它们每天会飞到什么地方。喜欢乌鸦的朋友们在网上订购了乌鸦头骨,计划每人佩戴一个,但我们发现几乎所有的乌鸦头骨挂件都是用树脂做的,网上几乎没有真的乌鸦头骨可卖。几经询问才知道没人为了做挂件去射杀乌鸦。据说乌鸦的爪子和乌鸦的头骨只有民间的某些操特殊职业的人才会拥有，一般人就是能搞到也不会去戴。一句话，人们对乌鸦都不会轻易去冒犯。

二〇二〇年四月，我看到一个人在天上飞，这是我从来都不会想到的事情，直到现在，我对许多人说这件事，许多人都不会相信，他们，一部分人认为我当时是喝醉了，一部分人认为我是眼花看错了。但我自己明白，我看到了，那个在天上飞的人，我不知道他是谁，我也不知道他是不是身上背了飞行器，而飞行器是不是可以让一个人飞那么高那么远。

我又去跟我的一位属于那种灵媒的朋友说这事，他执意认为那是一位路过的仙人，一定是道家，道家修行到这种地步已经是仙人，他认为这是一位路过的仙人，他认为我们这个小城根本就不会有这种高人。而第二天，他又给我打来了电话，说我昨天见到的那个在天上飞的人也许就是乌鸦太子。他这么一说我就想笑，我知道乌鸦太子是动漫里的一个人物。但动漫里设计一个这样的人物原型从何而来，是根据一种传说？或是一段古籍？还是别的什么？我对我的这位朋友说，乌鸦再过六个月就要飞回来了。他说它们一直都在这里，它们又不会飞走。我说我天天坐在露台上，我连一只都没看到。他说，一年四季它们走的路不是同一条路，这就是乌鸦。我的这位朋友告诉我乌鸦在北边的林子里。

"老鸹老鸹回家家哟,家里有颗大西瓜哟哟哟……"

小时候,只要天上一过乌鸦,我们便会仰面朝天大声地念起这首童谣来。我们翻来覆去地念着,大群大群的乌鸦在天上不停地飞,一边飞一边"哇——哇——"地叫着,天快要黑了,太白和长庚已经出来了,一颗黄一颗白。乌鸦掠过了我们的院子,纷纷落在了院子东边的那排老杨树上,黑压压的,它们准备过夜了。我小时候住过的那个院子,在护城河的西边,大院子的东墙紧挨着护城河,院墙与护城河之间有一排老白杨,那上边,整个冬天和春天在晚上的时候总是落满了黑压压的乌鸦。早上起来,如果起得早的话,可以看见它们正从老杨树上纷纷地飞起来,向西边飞去了,掠过我们的院子,飞向我们谁也不知道的地方……

宽堂先生

冯先生常用的堂号有两个：宽堂与瓜饭楼。

第一次去冯先生家，天已向晚，下着雨，及至从劲松桥赶到通州芳草园，雨转大，雨落在伞上一时是金鼓齐鸣，天上却没有一个雷。那天先是和冯先生的夫人夏老师通了话，夏老师的声音真是很好听，不像是七十多岁的声音，是青天白日清澈明净。

因为下雨，也没带什么见面礼，就那么湿漉漉一脚跨进了冯先生的家。那天冯先生送我三本他的随笔集，竟没有一本是谈《红楼梦》的，我送先生一本中青社版的《杂七杂八》，里面有我自己的钢笔插图。

冯先生送我三本书中的《逝川集》是我十四五岁就已经读过了的，封面是白石老人的山水，是清波远帆。这本书是"文革"前出版。我对冯先生说我有这本，是从图书馆偷的。冯先生一时笑哈哈，连说："窃书不算偷的，窃书不算偷的。"倒像是在鼓励我。

这几天给《滇池》杂志写《宽堂先生》,不免让人又伤感起来,是茶也不是酒也不是,出去看阳台上的浓胭脂般的鸡冠花也一时像是没了颜色。

冯先生离世不觉已近三载,音容笑颜呵呵哈哈犹在眼前耳际。闭着眼想想,就好像又看到他走到院子门口亲自来迎,院子里花开得正好,是一片红,只让人觉得热滋滋的。那两只藏獒是不停地叫不停地叫,且在篱笆里奔突不停。冯先生说他这两只藏獒是最好的品种,但直到后来也没见这兄弟俩长到多大,但凶可是真凶,每次都像是要从竹篱笆上跳过来,我便贼样碎了步子缩了身子紧走紧走,且贴在冯先生的右边,让冯先生挡着,冯先生脚步慢,还没进家,我早一步蹿进家里。

就这两只藏獒,是该叫它不叫,不该叫它倒吼吼吼吼。那天夜里,冯先生家里突然进了小偷,好像是冯先生还不在家,只夏老师在,还有那个小楷写得很好的小保姆。小偷是从屋顶天花板空投样进来,万幸没出什么事也没丢什么像样东西,小偷懂文化的毕竟少。而那两只藏獒却不知为什么噤了声,大气都没出,真是养兵千日,用的时候连一时半刻都没有。

再到后来,这两只藏獒不见了,先是一只,后来是另一只,都不知去了什么地方。冯先生很爱这两只藏獒,有两次,绑架般把冯先生给拉到通州馆子里去吃饭,也只能就近在通州找家饭店,吃完饭冯先生总不忘吩咐一句,把剩下的饭菜打包,原是要带回去给那平时吼吼吼吼到了正经时候一声都不肯吭的兄弟两个吃。

有一阵子,我的堂号叫作"三名堂",原因是家里养了一只很漂亮的京巴小狗和一只暹罗猫,狗是名狗,猫是名猫,再加上我。我对冯先生说起此事,说,所谓"三名堂",是名狗名猫名人,我排第三。冯先生好笑了一气。我遂对冯先生说您何不养一只小猫?冯先生却说,画牡丹的时候牡丹下边再加一只小猫构图蛮好。

我和冯先生有时候说话就是这样前后不接文不对题。再一次,我找到一本齐白石年谱,是先去古旧书店乱转,然后去了冯先生家,手里拿着这么一本年谱,自然就说到年谱上。我对冯先生说,您的年谱以后我可以帮着来修,冯先生忽然就不高兴了,说我是不修年谱的,又说,不行。至今,我也不知冯先生那天为什么会突然就不高兴起来。

再一次,我戴着一个白地青的翡翠指环玩,那时候我真是喜欢白地青的翡翠小物件，白地青的翡翠极雅，是不水不透，正好和现在人们对翡翠的又要水又要透相反，是白地上飘一丝绿，要是满绿就不好看了，那绿只要一点或一丝。这样的男式翡翠我有好几个，分别可以戴在中指、无名指和小指上，我是喜欢那颜色，我总是在家里戴着玩来玩去，那天我戴在手上没摘就去了冯先生家。

冯先生好像对这种小事情从来都不看不说，而我却不知为什么偏要对他说。我对冯先生说这种白地青翡翠真漂亮，您看这一点点绿。冯先生却脱口就说，不好，又不是遗老遗少青红帮！现在想想，也真是好玩。我便嘴硬，说，青红帮应该戴大金戒指才对嘛。冯先生不再理我，忙着去看那张我带过去的六尺整张《重修镇城碑记》大拓片，用个放大镜，终于找到了曹雪芹祖上曹振彦的名字，兴奋地说，这下是铁定了，这不是三韩吗？冯先生又从大书房里边的小间取出一个半人高长方形的镜框要我看，镜框里是那个引起过大争议的"曹公讳沾墓"刻石拓片，是朱砂拓，裱好装在框子里。冯先生要我看，一边说，这还会有错吗？这还会有错吗？关于这块曹公的墓志刻石，我不敢说对也不敢说不对，只好支吾。

冯先生爱花爱草，所以院子里总是有花，但我只记住那一株院子东北角的蜡梅，比我高不了多少。因为冯先生要我去看它一看，我便去看它一看，也没有花，只有叶子，半黄半绿，倒不如竹篱笆上的牵牛花好看，朵朵蓝紫让人眼亮。

还有，冯先生在院子里的东边挖个池塘，因为地方不大，也不可能挖多大，却挖得太深，人若掉下去，笃定是上不来，我看了那池塘就忍不住坏笑。冯先生说你笑什么？我说冯老师您要掉下去可怎么办？冯先生就也笑，对我说有人掉下去还是狗掉下去上不来的事，这事记不太清了。到了后来，那池塘又被填了填，复不再是个深坑，像是种了荷花在里边，又像是没种，这种事我总是记不清。

后来，我还问夏老师，我说池子挖那么深做什么？是不是冯先生想在里边养鱼？冯先生是南方人，喜欢吃鱼是笃定的，买一些活鱼放在池子里养着，想吃的时候也方便。夏老师摆着手说，不会不会，又指指自己的喉咙，说，我不给他多吃鱼，人上岁数，怕他被鱼刺卡着。夏老师叫冯先生从来都是两个字"先生"，比较陌生的客人来，夏老师会在先生前边再加一个字"冯先生"。

冯先生喜爱山子与供石，且气派是极大，进别人家的院子，院子只是院子，而唯有进冯先生的院子是要让人起一番山林之思的。一进院门就是那么老大一块两人高的白太湖，再往里，临小客厅的窗子又是那么一大块，也是白太湖，有一人半高。上边均被冯先生题了字，填了青绿，煞是醒眼，只是忘了上边题的是什么字。

冯先生既喜欢供石与山子，案上亦是左一块右一块，但大多没有好座子，极普通的那种方木，且又不上漆，白乎乎就那么豁然大气地摆着。山子的座我以为苏州的工最好，每次去冯先生那里，我还在心里想，如果方便，为冯先生的山子配几个好座倒是个正经。但细一想，这是件大麻烦事，是把山子寄到苏州还是请苏州的工人过来吃住全包地在这里做？这都是不大可能的事。及至后来我买山子，即使山子再好，如果没有座我便死心，再好也不让自己心动。有几次看到好山子动了心，和曹永这厮商量，一说，他马上反对，说找那麻烦做什么，找那麻烦做什么，别给自己找麻烦！想想也是。曹永知道我喜欢山子，千里迢迢将一个贵州山子背到我家，我把它放在那里左看右看，洞是洞，皴是皴，座子是座子，四面都好。

现在，每想到冯先生，每想到他那个院子，每想到他那个家，是什么都好，七七八八每样东西都好玩好看。每次想到冯先生，又总是会想起他的一迎一送。因他不良于行，总是不要他多送，回头看，他还站在那里招手。宽堂先生有拐杖，却没怎么见他拄过。

我对冯先生说我要给您找根好杖，冯先生说你哪有什么好杖？我说我们那边五台山山上有六道木。冯先生说这个他知道，我便想考他一考，我说您知道六道木还有个正经名字叫什么？冯先生只把身子往后一仰，微微一笑，说，这个嘛，杨五郎的降龙木嘛。我当下服气。

我还想再考他一考，我说那么枸杞如果做杖又是什么杖？这下冯先生可真是不知道了，我一时得意，且喝水，且停下偏不说。那叫什么？冯先生憋不住了，问我。我便笑，这才对冯先生说，枸杞做杖就是有名的西王母杖嘛，那天夏老师也在一起坐着说话，我当下发心要给冯先生找一根降龙木杖，给夏老师找一枝西王母杖，但直到现在都没办到。我那天还说，冯先生您拄降龙木杖，夏老师拄西王母杖。冯先生就又笑了，说那就不能叫作降龙杖了，只能叫作穆天子杖。

"莫填子。"冯先生说。

冯先生到老口音还是没有改过来。穆天子被他一念便是"莫填子"。冯先生很少说玩笑话，这算一次。夏老师在一旁一边摆手一边笑着说，先生从来都不拄杖的，上楼下楼都不成问题。

夏老师站起来，去给冯先生的茶杯里续水，到沙发后边大案旁边的饮水机，"咕咚、咕咚、咕咚"。我不敢劳驾夏老师，自己端了杯也去"咕咚、咕咚、咕咚"。太阳从南窗静静照进来，沙发后边的大案上端端一大块白，真是好太阳。续了水，转过身来，西墙上是画家谭凤环的一幅仕女。我说，陈老莲。冯先生说，小谭画得好。这堵墙上有一阵子还挂一幅冯先生的梅花，是横幅，是老干新枝穿插有致朵朵花开淡墨痕，我回去亦细心仿了一幅，现在仍挂在我的卧室里，亦是朵朵花开淡墨痕。

每次见冯先生，总不谈《红楼梦》，要谈，也只谈过一两次。说到《红楼梦》，我最烦参加"《红楼梦》学会"的会，会上的人个个以为自己是什么专家，一旦发言讲起《红楼梦》，就是洗过脚的水再洗脏袜子，让人真是不能喜欢。只好带一盒清凉油不停往脑门上抹，直把眼睛抹到睁不开。我生性怕开会，就是神仙坐在台上讲升天大法我也坐不住。或者就溜出去，看院子里的花草，一枝一叶亦能看老半天，像在读圣贤文章。

每次见冯先生，是只说书画与古董，冯先生的家里，七七八八到处是古董。我对冯先生说，这里千万别地震，若一地震，哈哈哈哈！我就大笑。冯先生写字作画的大案后边就是大书架，整整一堵墙的大书架，架上一半是书一半是古董，真真假假满坑满谷。宽堂先生写字作画的大案之右，亦是大书架，架上一半是书一半是古董，亦是真真假假琳琅满目。我对冯先生说，冯老师。我只叫他冯老师，因为有一次他说，叫冯老不过是个尊称，叫老师还是离得近一些。我知道他是不服老，便只叫他老师。我对他说，啊，千万可别地震，如果地震，哈哈哈哈，我得把您从七七八八的古董里给刨出来。

那一次，老先生拿出一块瓦当，反过来调过去地看半天，还用手指弹一下，然后递给我，说，这个给你。我拿在手里坐出租车从通州回北京的家，及至下了车才忽然想起少了什么，怎么手中空空？冯先生给我的瓦当早已丢在了出租车里，一时怅然。

冯先生随我去山西大同北边的永固陵，永固陵下边有清泉一脉叫作"万泉河"，及至汤汤流去，便汇入古平城东边的那条御河，御河过去宽且深，行得大船。京剧《南天门》讲的故事就发生在这里，晋剧《走雪山》原是《南天门》里的一折，说的就是义仆老曹夫背着小姐走雪山过这条河的事，是一生一旦，唱念做都很吃力的一出戏。

古平城就是现在的大同，城东的御河边上多出土辽代风字澄泥砚，其坚如铁，击之做金石声。我亦给冯先生找到一方，一巴掌大小，虽稍微有点残，冯先生却喜之无尽，放在手里用放大镜看，说，一看就是真品，一看就是真品。此澄泥砚砚背有拓打出的小字两行："西京东关小刘砚瓦"。

冯先生生性喜动，总是喜欢东走西走，我陪冯先生顺着这条河去永固陵，永固陵是北魏的皇陵，冯太后就葬在上边。山虽不高，也须爬上爬下，冯先生是深一脚浅一脚，我只怕他摔倒。那天偏又跟了一位印度的女朋友，而她偏又把照相机的皮壳子不小心丢在了山上，照相机的皮壳子又算什么，陵墓四周荒草离离，我不帮她找，也没办法帮她找，且只管冯先生高兴。

我扛着很大很重的一块墓砖下山，冯先生一边走一边说怎么怎么用这样的古砖做砚，是用醋先泡还是先用小米汤泡，好像还说一共还要在米汤里煮几次。于今已经全部忘掉，只记得冯先生真是兴冲冲，上山下山全然和年轻人一样，手中只拄一枝临时找来的树枝做杖。

冯先生写字，一般用小笔，常用的那个砚上盖了一块玻璃。我问冯先生为什么盖玻璃，冯先生说这样里边的墨就不容易干。我现在的砚上边也盖着一块玻璃，墨真还不那么容易干。冯先生案上有一小钵，里边全是朱砂，我后来亦用一带盖瓷盒储朱砂，平时用水养着它不让它干。

冯先生送我一支笔，纯羊毫，紫色笔杆，上边刻着"启老教正莱州李兆志制九八三"，是启功先生送冯先生的。冯先生用了多长时间我不得而知，我拿回来却是一直不停地用，画牡丹是它，给山水染色也是它，画花卉的叶子是它，写字也是它，这支笔可真是好用，世间好用之物往往会早早坏掉，一如好人其寿不长。及至冯先生离世，我忽然悲从中来，忽然一时醒悟，从此，这支笔我不再用，放在那里不去动它，有时会拿在手里看一下，会忽然觉得自己整个人都变得很清冷，再没一点喜气。人生在世，如花在野，朋友论交，美人誓盟，随你有多少喜欢与惆怅，原来竟是白驹过隙！

那天，我让冯先生给我题个堂号，那一阵子我的堂号是"黍庵"，第二天恰是冯先生的画展开幕，在五四大街一号的中国美术馆。冯先生的画展真是隆重到像是天上响大雷，一时惊到多少人。到了会场，冯先生手里便是一个牛皮纸袋，他交给我，我背着人打开，是冯先生题的"黍庵"二字，虽是侧锋，下笔真是凶悍。后来搬新家，我要在玄关处做一玻璃屏，屏上就要用冯先生给我题的这个堂号，玻璃屏做好，冯先生给我的那幅字倒不知去向。

那次冯先生的画展，真是去了太多的人，开幕式是在五四大街中国美术馆一进门的大厅处，一时是群贤毕至，一时是人挤人，一时是没地方站，一时是记者们蹲蹲站站。我只站定在后边，看冯先生慢慢往前走，看他慢慢坐下，坐下后，他掉过头往后边看，我只当他是在看我。冯先生那次画展的大幅山水是整张八尺，我请人给我和冯先生在那张大幅下拍一张合影。那幅画是戴本孝的笔意，我初时并不知道戴本孝。冯先生喜欢戴本孝，对我说，你仿仿戴本孝。我当即说，谁是戴本孝？我真是知识浅薄。

冯先生送我字多多，现在楼下客厅饭厅之间挂一幅——红楼抄罢雨如丝，正是春归花落时。千古文章多血泪，伤心最此断肠辞。祥夫先生两正。下钤两印，印文分别是：冯其庸、宽堂八十后作。冯先生为人真是好，尊敬每一个人，他落款的"祥夫先生两正"，祥夫两字必高一格。楼上一上楼往右拐的地方又挂一幅四尺对开横幅，是冯先生写他自己的三首诗，每首诗后边都有小字跋，后边题：祥夫道友哂正，丙戌白露宽堂冯其庸八十又四书。祥夫二字又照例是必高一格。这真是先生之风，山高水长。冯先生还送我四尺整张洒金宣"长沟流月去无声"，现在德州五境山房。还有一幅是冯先生去莫斯科签订《红楼梦》版本回来写的诗，是六尺横对开，写得真是精彩，现在贵阳师竹堂处宝藏。

有一阵子，我整天用赤亭纸画牡丹，赤亭纸微黄，作牡丹用白粉有古意，我带一纸牡丹去冯先生那里请冯先生题。冯先生看上边的闲章，问我是什么字，我说是"好色之徒"。冯先生便马上不高兴，把笔只往案上一掷，说，章怎么可以这样乱盖？我忽然慌乱，不敢再说什么。下次去，又带了一张赤亭纸牡丹，这回没盖那个章，冯先生给题了字，我却偏偏又忘了拿，画至今一直在冯先生那里，直到现在，也不知冯先生是题了一首诗在上边，还是题了什么在上边。只是那枚闲章从此不再用，被朋友拿去把玩。

再一次去，我给冯先生带了一品北魏大莲花铺首，孔雀蓝锈，大碗口那么大，可真是晃人眼。这样的莲花大铺首，我收藏到两个，一个送了冯先生，一个送了发小怀一。后来才知道鄢乡博物馆也从民间收到一个，开价六万。冯先生是法眼，看了那莲花铺首便大欢喜，竟动用起案上的放大镜看。后来几次去，只见那莲花大铺首端端放在冯先生大画案后边的书架之上，宝蓝色，也真是有一种说不出的富贵气。

冯先生写字作画，如果需要坐，便坐在他大画案后边的那把大交椅上。画案上,时时有南瓜出现,还有绿萝。

那次,冯先生来山西大同,在宾馆吃过晚饭忽然说要去我家,我一时慌了手脚,想想家里也没收拾过,到处是狗毛,老婆还在海南。但冯先生说要去,便是天神下降,也不管那许多,便径直坐了小车回去。一开门,小狗便自然要叫四五分钟,它也不多叫,但也不会少叫,像是我小时候的玩具上了发条,到时候就停。

冯先生落座,小狗停了叫,一切安顿好,又不知该给冯先生喝什么茶,也不知送他什么东西才好,我把冯先生送我的紫砂壶拿出来给他泡茶,意思是让他知道他送我的东西还在,那把壶是周桂珍制壶,冯先生在上边题字,像是做了一批,那时已是个宝,到了现在笃定更是个宝。只是酒后,一时手松被朋友袖了去。现在想想,迟早是要用画再把它换回来。

冯先生来家那天,家里的米兰也真是争气,一时怒放,满屋花香,米兰的香到底太烈,让人有点受不了,冯先生便说哪里桂花在开?我便笑起来,说院子里有一株。冯先生说,咦,北方有桂花吗?我便笑。此时邻居的千金在弹琵琶,噼里啪啦,声声利落好听。

冯先生坐在我家客厅里,屋子里便是亮的,感觉角角落落都亮。我拿几件东西让他看，波斯琉璃器虹彩烁烁他偏不看，一眼看定了那个宣德炉，回头要让跟他来的小任掏银子，说要买。我忙说，我再玩玩，我再玩玩。冯先生说他有好几个炉都没这个好，都没这个好。那天，冯先生看我客厅那一尊一米多高的唐代佛造像眼又一亮，这尊佛像面目虽已风化模糊，但风韵极是好。我便执意要将这尊佛像送冯先生，两个人费了牛大力气将佛像放到车上，我们又回来坐。冯先生又把玩那个宣德炉，说，都没这个好，都没这个好。冯先生说好，我便更加舍不得，只一声不吭。忽然在心里觉得自己也真是小气，便兀自跟自己生气。

  冯先生的发型，怎么说呢，哈哈哈哈，是标准的毛式，但亦是让人不讨厌，让人喜欢。那次他突然来了兴致，因为我在他那里看到一块长方形的古砖，砖是古琴式，我是越看越喜欢，喜欢就想要，但又说不出口。冯先生就说那我不妨带你去潘家园找找，可能还有。冯先生带我去潘家园，就像大人带了小孩，是节日样的样样都新奇，就差往手里塞糖果。那次去潘家园真是有很好听的故事，东西却没买到什么，我只送了冯先生一对一尺高的铁狮子。回到他家后喝酒，是小茅台，冯先生家的小餐厅餐桌后边的半堵墙都是酒，那半堵墙打了架子，架子上都是小木格子，每个木格子里正好放一瓶酒。虽然是小茅台，一边喝一边却不知道是什么滋味,和冯先生一起吃饭喝酒,往往是,酒与菜一时都像是没了滋味,滋味全在于看他听他。现在想想,这便是冯先生的魅力,可以让酒菜一时都没了滋味,而冯先生在那一刻便是无上的好酒好菜。冯先生那时候已经不怎么能喝,因为喝酒,差点出大事。

那次是在无锡开国际《红楼梦》研讨会,开场便吃了一次《红楼梦》宴,一样一样的菜都照着《红楼梦》里的菜式来,一来一去都是巴掌心大的碟,让人好不耐烦,只觉没滋没味。吃饭间,我突然接到朋友的电话,朋友说,你呀,就准备请客吧,我说请什么客啊?朋友说,你这次有可能获鲁奖。这是头天的话,第二天,我们刚刚坐下吃饭,因为开会,又是二十多桌的人在那里吃。我忽然又接到了朋友的电话,朋友在电话里有点兴奋,朋友说,祝贺你,这届鲁奖你获定了,你是短篇小说全票第一名。我一时发愣,晕也不是,慌也不是,站起来不是,坐下来也不是,先愣头愣脑灌了自己一大杯酒,一时间跌跌撞撞。

忽然就想过去对冯先生说这事,便兴冲冲端了杯过去,冯先生坐在最前边中间那桌,我鱼样穿来穿去过去,把这话附耳告诉冯先生,冯先生亦马上兴奋起来,连连说:"祝贺祝贺。"并且要喝酒了,他手边原来就有一杯酒,他那时已经不怎么喝酒,酒放在那里只是个样子，谁过来敬他，他只在嘴边一端。冯先生的好，就好在到老还像顽童，是人来疯，是高兴就喝。他也真是高兴，却并没站起来，坐着只一转身酒已在嘴边，说："祝贺你。"只一仰头，一杯酒一下干掉，紧接着，便猛地咳嗽起来，被酒呛了，呛在气管里，大咳不止，举座皆惊。后来想起来，我倒要在心里怪他，那天若要出了事，我便是罪人。紧接着，一大堆人过来，冯先生马上被这一大堆人拥走送去医院。

　　最后一次去看冯先生，冯先生已经下不了楼，只在二楼小客厅大沙发上倚坐，其实是躺，腿上搭着一条毛毯。原是不打算去了，怕扰了冯先生的休息，冯先生却专门让人打来电话，说在等着。上了楼，看到冯先生那样子，便觉自己整个人都不好了，一时不知说什么好，至今也想不起到底说了些什么，好像是想让冯先生给我的恭王府个展题个展标。当时想，毛笔怕是不行了，用钢笔题了放大了做展标还更别致。但及至坐在他对面，忽然再没了这种想法，是舍不得，哪怕他只一动，也舍不得他动，其实用钢笔来写是极方便的，但我就那么坐着，是静坐，心里却有些惶惶然，不知坐了有多久，亦不知说了些什么。然后，我说，要走了。冯先生一时没说话，只看着我，我忽然想抱抱他，便过去，俯身一抱，却不舍得放开，明白冯先生的手，已经放在我的背上,一下两下三下,一下两下三下地拍。只此一抱,多少白玉迢迢的时光都从身边琳琅消逝,想不到竟是最后一抱,是真正的从此别过。

从冯先生家里出来,一时难过无语,忽然又想起那次与冯先生去潘家园,多热闹,冯先生简直就像是个孩子,我前他后,倒又像是我领了个老小孩。及至到了潘家园,又是他在前边走,我在后边跟,这个摊那个摊地看。冯先生的气派,他那个毛式的发型,一定是引起了古董贩子的错觉,我跟在后边,便是比较文明一些的那路跟班。不少贩子马上跟上来,而且不止一个,后来我们从潘家园出来,我们的车在前边走,四五辆车在后边紧跟,甩都甩不脱。冯先生倒安慰我,说你别怕,再要是这样,我马上就给我的学生打个电话。我小声问冯先生,您的学生是做什么的?冯先生说是天安门派出所的。我便笑,想问问冯先生学生的职务,亦不敢问,相信冯先生在北京的学生多,冯先生在中国人民大学教书,是桃李处处栽。我的朋友绍武就是冯先生的学生,几次说起冯先生,绍武总是很尊敬地说,冯先生是我老师。

那天从潘家园出来,像是在拍警匪片,我们的车开得快,后边的车却也紧追不放,而且不止一辆。及至快到通州,后边的车方才散了。及至回到冯先生的家,夏老师已经把饭菜做好,凉盘加热盘,七七八八,我们便喝酒。我和冯先生坐对面,我举杯和冯先生碰杯,心里知道对面此人几百年也许不会再出一个,虽然天地生人无尽。冯先生在我对面,虽只觉他是个普通人,一旦离开才知道这人其实便是天人,所以事事皆止于敬。

冯先生离世近三年,现在想想,竟想起唐代诗人的那句诗:望望不见君,连山起烟雾。只当他是又去了什么地方,也许是又去西域重走了一遭。忽然又想起在冯先生家看画,冯先生从西域回来画了好大一批画,都是三原色直接上到纸上,大红大绿大黄大蓝,赫赫烈烈,艺术上的霸悍之气让人不得不在心里点一下赞。他把这些画拿出来让我看,我当时便愕然,我的面前,冯先生,虽然已经八十多,但感觉他才十八,这便是冯先生。

冯先生的堂号,多用的有两个,一个是"宽堂",冯先生当年住宽街,房子十分逼仄,而冯先生却把它叫作"宽堂"。另一个是"瓜饭楼",这个堂号真是质朴大气,一瓜一饭后面再加一个楼字。关于这个堂号,冯先生在随笔里多次写到,冯先生从小家贫,总是吃了上顿没下顿,以瓜代饭,岁月迢迢。去冯先生那里,好多次,画案上都放着一两个其大无比的南瓜,颜色也好,朱红灰绿。

冯先生现在已经去了另一个世界，要想去看他也只能在清明时节。古诗云，清明时节雨纷纷，雨纷纷不雨纷纷先且不去说它，我想去看冯先生也简单，不必鲜花香烛，只需抱一个硕大的瓜去，把瓜往那里一放，轻轻说一声：

冯先生，我来了……

力群先生

后来，我与力群先生成了朋友。

力群先生说话很"绵"，这个"绵"字不知道别的地方有没有，在山西，这个"绵"字是温和，是好听，语速也不那么快。这是力群先生平时说话，但老先生一激动起来就不一样了，声样会尖厉起来，很尖厉，但这种时候很少。

力群先生像是总戴顶帽子，我去他家，他也总是戴着帽子，不戴帽子的时候很少。我没见过力群先生穿西装，好像是，力群先生总是穿中山装。我知道力群先生年轻的时候，应该是西装革履，但我认识他的时候没见他穿过西装，中山装，帽子，布鞋子，手边总是带着一本书。有一次我进电梯，他也进电梯，手里就是一本书。那时候，作协开什么会都会请老先生去，老先生耳背，坐在会场里大多时间是在静静地看书。

老先生把他的散文集送我，上边的签字是一笔一画，老先生给我画画，十多朵山茶，不加一点点颜色，朵朵用笔有力，是木刻的味道。老先生送我字，一笔一画，是颜体的味道。老先生送我书签字既不称兄也不道弟，都是两个字：同志。后来改了没有，不知道。

第一次我把我的书送他，他看了一下，说你知道我姓郝？我说当然。是那一次，我才知道力群先生其实是没有见过鲁迅先生的，力群先生说：我怎么会见过鲁迅先生？那时候我已经知道力群先生与版画家曹白的关系，力群先生好像是通过曹白将自己的作品带给鲁迅先生的。

力群先生的家，那个院子不大，却总是关着。有客人来，力群先生要亲自来开院门，院子不大，却是种满了花草，凤仙、雏菊、大丽菊，还有别的什么，我喜欢看那些花花草草。力群先生也知道我从小画画，我和力群先生说这种花应该怎么画，那种花应该怎么用笔，力群先生也不反对，总是说对，总是笑着。

有一次，不知看什么花，力群先生说："这是董寿平嘛。"小院里有一笼鸟，还有一个笼子里是松鼠，这只松鼠，总是在跳来跳去。忽然静下来，捧起一点什么吃起来，嘴动得很快，我笑起来，力群先生也跟着笑了起来，声音很尖，但我听着喜欢。力群先生的笑是纯真的，像孩子，一下子，不可遏止地就那么笑起来。

力群先生待客，一般都在楼下，请你坐下，他也坐下，他坐在靠东墙的椅子上，他的身后，有一个粉彩花盆，应该说是套盆，上边的那几笔海棠画得真是好，我说好，画得好。力群先生回头看看，指指海棠的老杆，说海棠的枝子就是像竹竿嘛。

我去的时候，给先生带两桶雀巢咖啡，力群先生很高兴，说给我带的？我说是。力群先生就又笑了起来。好像是，老先生那一阵子还喝咖啡。所以，我每去就带一两桶咖啡。那一次天热，老先生脱了外衣，里边像是穿着吊带西裤，我觉着这才像是搞版画的先生，我说好看。力群先生看看自己的衣服，忽然又笑了起来，声音很尖，但好听，像是孩子。

在我的心里，力群先生应该是个洋派人物，在二十世纪三十年代的中国，学版画的青年都应该比较洋派。但老先生一穿上中山装便更像是老干部，但我更喜欢老先生是艺术家。再有一次去，我在路上买了两只蝈蝈，一只铁蝈蝈，一只绿蝈蝈，我要送力群先生一只，力群先生高兴起来，非要那只绿的，说还是绿的好看嘛，力群先生说他就是要看颜色，叫得好听不好听在其次。

再一次去力群先生家，老先生正在忙，已经快九十岁了吧，他说他这几天正在给上海博物馆刻板子。我听了吓一跳，这么大岁数还刻什么板子。力群先生拉我上楼，楼上是力群先生的工作室，一般人很少上去，力群先生也不会请他们去。

工作室的那张大桌子上都是大大小小刻好或没有刻的枣木板。从小看版画，但我从来没想到版画的原板会这么小。力群先生又笑了起来，声音很尖，力群先生说当年这些版画是要在报纸上发表的，大了哪里成？力群先生真让我感动。上海博物馆那边请力群先生把他过去刻的版画作品都重刻一回以收作馆藏。我坐在那里一块一块地看，看到了我熟悉已久的许多力群先生新中国成立前还有新中国成立后的版画作品。

力群先生岁数那么大了，居然还在刻。

力群先生的家里总是那么安静。有阳光从窗外照进来。

记不得是一盆什么花了，像是君子兰，开着胡萝卜颜色的花，就摆在力群先生平时落座的后边。我对力群先生说我不喜欢君子兰，力群先生掉过脸看看，说名字好听嘛。我说胡萝卜颜色。力群先生就又笑起来。力群先生问我出了什么新书，他要看，那时候，我给力群先生在书上写："请郝力群先生指正"，力群先生也不纠正。

和力群先生坐着，力群先生无端端又笑了起来，说起我的小说《永不回归的姑母》，说那东西还能割？割了还不死掉？我窘迫了，不知说什么好。力群先生说："吃水果吃水果，洞庭的橘子。"

在北京，大家都去看力群先生，我想我是应该自己去的。我不愿意一大群人地去，没法说话。

想不到力群先生忽然离开了我们。在照片上看，力群先生笑着，但那笑声，却永远不会让人再听到。

我还想，这次去的时候还要给力群先生买两只蝈蝈，一只绿的，一只黑的。

北京的冬天，十里河那边有蝈蝈卖。但力群先生不在了，永远不在了。

何时与先生一起看山

吴先生似乎在画界没有太大的声名,也许他太老了,老到已被许多人忘掉,他周围的人似乎已不知道他是南艺刘海粟先生的高足。总之他很老了,老到莫非非要住到郊外的那个小村落里的小院子里去?我见先生的时候,先生的画室已是四壁萧然,先生也似乎没了多大作画的欲望,这是从表面看。其实先生端坐时往往想的是画儿,便常常不拘找来张什么纸,似乎手边也总有便宜的皮纸或桑皮纸,然后不经意地慢慢左一笔右一笔地画起来,画画看看,看看停停,心思仿佛全在画外,停停,再画画,一张画就完成了,张在壁上,就兀自坐在那里一声不吭地看,嘴唇上有舔墨时留下的墨痕,有时不是墨痕而是淡淡的石青,有时又是浓浓的藤黄,我没见过别人用嘴去舔藤黄,从没见过。先生莫非不知道藤黄有毒?

先生的院子里,有两株白杨,三株丁香,一株杏树,四株玫瑰，两丛迎春。秋天的时候，白杨的叶子响得厉害，落叶在院子里给风吹着跑：哗哗哗哗，哗哗哗哗，想必刮风的夜晚也会惹先生惆怅。我想先生在这样的夜里也许会睡不着，先生孤独一人想必也寂寞，但先生面对画案、宣纸、湖笔、端砚，想来分明又不会寂寞。

先生每天一起来就生那个一尺半高的小火炉，先把干燥的赭色的落叶塞进小火炉，然后蹲在那里用一本黄黄软软的线装书慢慢地扇。炉子上总是坐着那把包装甚古的圆肚子铜壶。秋天的时候，先生南窗下的花畦里总是站着几株深紫深紫的大鸡冠花，但先生好像从没画过鸡冠花，有一段时间，先生总是反反复复地画浅绛的山水，反反复复地画浅绛的老树。去看先生的人本不多，去了又没多少话，所以去的人就少。有一次我问先生，所问之话大概是问先生为什么画来画去只画山。先生暂停了笔，侧过脸，看着我，想想，又想想，好像这话很难回答。我也会画花鸟的，先生想了老半天才这么说。过了几天，竟真的画了一张给我看。是一张枯荷，满纸的赭黄，一派元人风范。纸上的秋荷被厉厉的秋风吹动，朝一边倾斜，似乎纸上的风再一吹，那枯荷便会化作无物，枯荷边有一只浅赭色的小甲虫，仿佛再划动一下，它长长的腿就会倏尔游出纸外。

真想做一个晴耕雨读的地主

吴先生很喜欢浅绛色，吴先生的人似乎也是浅绛色的，起码从衣着和外表上看，是那么个意思。

我和吴先生相识那年，先生岁数已过六十，我去看他，所能够进行的事情似乎也就只是枯坐，坐具是两只漆水脱尽的红木圆墩儿，很光很硬很冷，上边垫一个软软的旧绸布垫子，旧绸布垫子已经说不出是什么颜色，但花纹还是有的。吴先生当时给我的很突出的印象是先生老穿着一身布衣，那种很普通的灰布，做成很普通的样式，对襟，矮领儿，下边是布裤子，再下边是一双千层底的黑布鞋。衣服自然是洗得很干净的，可以说一尘不染。床上是白布床单儿，枕上是白布枕套儿，也是白白的一尘不染。你真的很难想象吴先生当年在南艺上学时风华正茂地面对玉体横陈的印度女模特儿是一番什么样的情景。他当年喝琥珀色的白兰地，用刻花小玻璃杯，抽浓烈的哈瓦那雪茄，用海泡石烟斗，戴伦敦造的金丝框眼镜。这都是以前的事，真真是以前的陈事旧话了。现在再看看吴先生的乡间小平屋，你似乎再也找不到一点点当年先生的余韵或者是陈迹。

先生住的院子是乡村到处都是的那种院子，南北长二十二步，东西宽十一步。两间小平屋，窗上糊白麻纸，临窗的桌上是

旧情解构

那方圆圆的端砚，砚的荸荠色的漆匣上刻着一枝梅，开着瘦瘦的几朵花。旁边是那只青花的小方瓷盒，再旁边紧挨着的是那一套青花的调色碟，再过去是那把紫砂壶，壶上刻着茅亭山水和小小的游船。那只卧鹿形笔架，朝后伸展的鹿角真是搁笔佳处，作画用的纸张在窗子东边的柜子上边搁着，用一块青布苫着，雪白的宣纸上苫着青色的布，整日地闲着，一旦挪动起来，有微微的灰尘飞起来，像淡淡的烟。那就是先生要作画了。

吴先生好像从不收学生，画家不是教出来的。吴先生这么说。所以就有道理不收学生吗？吴先生常常把那张粗帆布躺椅放到院子里，人静静地躺在上边。记得是夏天的晚上，天上有月亮，很好的月亮，可以看得见夜云在月亮旁边慢慢慢慢滑过去，那淡淡的云真像是给风拖着走的薄薄的白纱巾，让人无端端觉得很神秘。一根五号铁丝，横贯了院子的东西，在月亮下是闪亮的一道儿，铁丝上一共挂了五只碧绿的"叫哥哥"，有时会突然一起叫起来，这样的晚上真是枯寂得可以也热闹得可以。也只配了先生，只配我的先生。有一次，吴先生感冒了，连连地打喷嚏，是前一天晚上突然下了大雨，先生没穿衣服就跑出院子去抢救那五只叫哥哥，怕叫哥哥给雨淋坏，叫哥哥没事，先生自己却给雨淋出了毛病，咳嗽了好长时间才好。

又有一次，先生不知从什么地方忽然弄来了一只很大的芦花大公鸡，抱着给我看，真是漂亮的鸡，灰白底子的羽毛上有一道道的黑，更衬得大红的冠子像进口的西洋红。吴先生坐在布躺椅上一动不动地看鸡，那鸡也忽然停下步子侧了脸看先生，先生忽然笑了。笑什么呢，我不知道。

吴先生提了一只粮袋，慢慢走出小院子去给鸡买鸡粮，一步一步走出那段土巷，又慢慢走回来，买的是高粱，抓一把撒地上，那只大公鸡吃，先生站在那里看。

先生靠什么生活呢？我常想，但从来没敢问，所以也不知道。

先生的窗上不是没有玻璃，有玻璃而偏偏又在玻璃上糊了一层宣纸，所以光线就总是柔柔的，有，像是没有，没有，又像是有。在这种光线里很适宜铺宣纸、兑胭脂、调花青地一笔一笔画起来。柔和的光线落在没有一点点反光的柔白的宣纸上，那浓浓黑黑的墨痕一笔一笔落上去，真是美极了。墨迹一笔一笔淡下去的时候，然后又有了浓浓淡淡的胭脂在纸上一笔一笔鲜明起来，那真是美极了，美极了。

我不敢说先生的山水是国内大师级的水平，与黄大师相比正好相反，吴先生的山水一味简索。先生似乎十分仰慕倪高士，用笔从来都是寥寥几笔，淡淡的，一笔两笔，淡淡的，两笔三笔，还是淡淡的，又，五笔六笔。树也如此，石也如此，水也如此，山也如此，人似乎也如此，都瘦瘦的，淡淡的，从来浓烈不起来。先生似乎已瘦弱到不能画那大幅的水墨淋漓的画，所以总是一小片纸一小片纸地画来，不经心的样子。出现在先生笔下山水里的人物也很怪，总是一个人，一个人在山间竹楼里读书，一个人在大树下昂首徜徉，一个人在泊岸小船里吹箫，一个人在芭蕉下品茗。先生比较喜欢画芭蕉，是淡墨白描的那种，也只有画芭蕉的时候，才肯多下几笔，四五株、五六株地挤在一起。

我有一次便冒昧地问先生：您的画里怎么只有一个人？先生想了又想，似乎这个问题很难回答，回头看着我，还是没有回答。但隔了几天还是回答了我。先生说：人活到最后就只能是自己一个人。先生那天兴致很高，记得是喝了一点点酒，用那种浅浅的豆青瓷杯，就着一小段黑黑的咸得要命的脆黄瓜。先生说：弹琴是一个人，赏梅也是一个人，访菊是一个人，临风听暮蝉，也只能是一个人，如果一大堆人围在那里听，像什么话？开会吗？先生忽然笑起来，不知想起了什么好笑的事。先生笑着用朱漆筷子在小桌上写了个"个"字，说：我这是个人主义。又呵呵呵呵笑起来。

那天先生的兴致可以说是很高，便又起身，去屋里，打开靠东墙那个老木头柜子，取出一只青花瓷盘。青花瓷美就美在亮丽大方，一种真正的亮丽，与青花瓷相比，五彩瓷不知怎么就显得很暗淡。先生把盘子拿给我看，盘子正中是一株杉，一株梧桐，一株青杨，一株梅，树后边远处是山，一笔又一笔抹出来的淡淡的小山，与此对称着的，是山下的小小茅亭，小小茅亭旁边是小小书斋，一个小小布衣书生在里边读书，小小书斋旁边又是一个小小板桥，小小板桥上走着一个挑了柴担的樵夫，已经马上要走过那小桥的是一个牵了牛的农夫，肩着一张大大的锄，牵着一头大牛，盘的最下方是一个坐在水边的渔夫，正在垂钓。他们是四个人，先生指着盘说：但他们各是各。先生用指甲"叮叮叮叮"弹着瓷盘又说：四个人里边数渔者舒服，然后是樵夫，在林子里跑来跑去，还可以采蘑菇。我忍不住想笑。还没笑，先生倒笑了，又说：最苦是读书人，最没用也是读书人，没用才雅，一有用就不雅了，我是没有用的人啊。吴先生忽然不说了，笑了，大声地笑起来。

先生爱吃蘑菇，雨后放晴的日子里，在斜晖里他会慢慢背着手走到村西的那片小树林子里去，东张张，西望望，一个人在林子里走走看看，看看走走，布鞋子湿了，布裤子湿了，从林子里出来，手里总会拿着几个菌子，白白的，胖胖的。

有一次先生满头大汗地从树林里拖出一个老大的树枝，擎着，那树枝的姿态真是美，那树枝后来被吴先生插在了屋里靠西墙的一个铜瓶里，那树枝横斜疏落真堪入画，好像就那么一直插了好久好久。

多会儿咱们一起去看山吧。先生那天兴致真是好，当然又是喝了一点点酒，清瘦的脸上便有了几分淡淡的红。

我就在一边静静地想，想先生跻身其间的这个小城又有什么山好看。画山水就不能不看山水。先生又说，一边把袖子上吃饭时留下的一个饭粒用指甲慢慢弄下去。看山要在上午和下午，要不就在有月亮的晚上，中午是不能看山的。先生又说，忽然说起他三次上黄山的事。

那之后，我总想着和先生去看山这件事，让我想入非非的是晚上看山。在皎洁的月光下，群山该是什么样子，山上可有昂首一啸令山川震动的老虎？或者有猿啼？晚上，我站在离先生有二十多里的城里我的住所的阳台上朝东边的山望去，想象月下看山的情景。我想到那年我在峨眉山华严顶上度过的那一夜，周围全是山，黑沉沉的，你忽然觉得那不是山，而是立在面前的一堵墙，只有远处山上那小小的一豆一豆昏黄的灯火，才告诉人那山确实很远。离华严顶木楼不远的那株大云杉看上去倒很像是一座小山，身后木楼里的老衲低低的诵经声突然让我想象是不是有过一头老虎曾经来过这里，伏在木楼外边听过老衲的诵经。

夜里看山应该去什么山？华山吗？我想去问问先生。但还来不及问，先生竟倏尔已归道山。

没人能在先生去世的时候来告诉我，去他那里看望他的人实在太少了。我再去的时候，手里拿了五个朱红的柿子，准备给先生放在瓷盘里做清供，却想不到先生已经永远地不在了。进了院子，只看到那两株白杨，三株丁香，一株杏树，四株玫瑰，两丛迎春，丁香开着香得腻人的繁花，播散满院子静得不能再静的浓香。隔窗朝先生的屋里看看，看到临窗的画案、笔砚、紫砂壶、鹿形笔架、小剔红漆盒儿，都一律蒙着淡淡的令人伤怀的灰尘，像是一幅浅绛色的画儿了——直到现在，我还想着什么时候能和先生一起去看看山，在夜里，在皎洁的月光下，去看那无人再能领略的山。何时与先生一起去看山？

也说胡兰成

胡兰成的文字别有一功,但他一辈子,也唯此一功。

闲着没事在阁楼里喝穆涛送来的陕西子午茶看胡兰成的文章,忽然想起"爱屋及乌"这句成语来,我常想,要是这个世界上没有张爱玲,胡兰成还会不会是胡兰成?对于一个男人来说这真是一个大悲剧,但好在胡兰成爱写文章,他到后来,流寓海外一如扁舟浮荡于澜浪之间起伏无定,也只好写写文章,一为怀旧,二为衣食。

写文章是写文章,做学问却与他了无关涉。如果非要把他拉出来说学问,他的《中国文学史话》也只能是民间立场的自说自话,虽然有一点个人的俏皮在里边,但那俏皮也不出"诗云子曰"和几百年来被文人们说过来说过去的秦汉唐宋再加上元明清的平平仄仄家长里短。倒是他的《今生今世》和《山河岁月》有时光倒流般的好看,这两本书,可以说是那一段历史的别裁!

《今生今世》是说他自己,自己的事让自己说自然样样都熟稔于心,写出来自然是流水汤汤光影粼粼的好,虽说都已是半个多世纪以前的旧事陈迹。

胡兰成的文章好,皆好在细小处,而《山河岁月》这本书却只是想往大了说,而胡兰成的文章确实是越细屑越好,他不写小说真是可惜,但要是让他果真写起小说来,恐怕才气又短了些。写《山河岁月》他分明想往大了做,但那么广大的山河岁月,哪怕是只裁下一小截儿也够他受,所以《山河岁月》现在看起来便像是生手下跳棋,从这里一下子跳到那里,再从那里一下子跳到这里,终有许多不可人处,但这不可人处亦是他的好处所在。

而读者读他的这本书想来也不是在读史,说来说去,也不是在读胡兰成,而是在读张爱玲和她爱过的这个人——这个人就是胡兰成。张胡二人说来也真是够浪漫——一如胡兰成笔下所写,他们每到了一起就总是:"如此只顾男欢女爱,伴了几天,两个人都吃力,又随我去南京,让她亦有功夫好写文章,而每次小别,亦并无离愁,倒像是过了灯节,对平常日子转觉另有一种新意,只说银河是泪水,原来银河轻浅却是形容喜悦。"胡兰成这段话是写实,但不应该往银河上瞎扯,他们二人之间又有什么迢迢的银河?他既不是牛郎,张爱玲想来也不是什么织女,也不会久坐在那里织布裁衣！他们之间是既没有柴米油盐的愁苦，也没有才下眉头却上心头的离愁，有的是让他们都感到多少有些吃力的男欢女爱。"欢"在这里是动词，"爱"字不好说，若非要名词动用，节奏也要相对慢得多。胡兰成的性情里也有古灵精怪的一面，这表现在他用的语言上，单只说他的语言，比时下许多的作家都强！

且只说他的《今生今世》，我以为只读其前边三分之一的文字就足够。

张爱玲是个上天派下来的文字妖魔，一百年也碰不到这么一个，却恰给我们碰上。天生就带来那样一大片比都无法比的丽质，她写文章是古灵精怪，比如这样的文章别人就是给打死也写不来，一开头就是："中国是个补丁的国度，连那天空都给女娲补过"。我看张爱玲心里就总是服气，服气这个上海女人，再平常的事，只要给她一写就闪闪烁烁像镀了星光月光或别的什么光，字字句句都光闪闪的。她写印度女舞蹈家在那里跳舞唱歌，额头点了大红的朱砂，嘴里像是含了一口滚烫的开水，想吐又吐不出来，想咽又咽不下去。想象那张嘴，正在唱什么？一边唱，一边两条腿还在那里绞来绞去——可不是在那里绞来绞去，你看印度舞，那穿了宽裤裆紧裤腿的两条腿每一步都要迈到另一只脚的更另一边去，可不是在绞来绞去。

而且，用张爱玲的话说：像是在烧热了的铁板上跳，忙碌得一刻不停！每看到这样的文字我就总是想笑，会忍不住把茶水喷到书上，隔日再看书，到处斑斑点点。还有，比如她写某女一身大红大绿，却这样说："咦——圣诞树！"张爱玲真是与众不同，她最好的小说之一《阿小悲秋》，好家伙，完全家长里短，门开门关，弄堂里的烟，火炉子上的壶，男人，小孩儿，东家一会儿，情妇一刻，忽然又下来了雨，雨伞又撑了出来，完全碎碎叨叨，要在一般人，真是难以著笔成章，张爱玲却写出家常的无奈与心酸！唯其家常，才最最感人。我们现在写小说，多少作家最不会的就是家常！最不懂的就是世道人心！

张爱玲笔下许多精彩的描写需要与众不同的感受力而不是观察力，是感受，张爱玲的感受与众不同，所以才有张爱玲。就这个张爱玲，我常想，怎么会和胡兰成天际流星一样碰在一起让无数张迷看得眼花心乱，一不小心顺便也喜欢上了这个胡兰成！而且，张和胡，怎么说，囫囵吞枣得像夫妻又不像夫妻，半偷情半不偷情地混了一混又终至两相分开，这一段好混却让胡兰成的风流业绩一下子变得十分浓稠起来，简直是牛奶变炼乳。所以，与张爱玲的那一段经历,是胡兰成一生的得意,这便让人觉着胡兰成多少有些浮浪,怎么说,有些像——网络上所说的"渣男"。一个男人,也算是见过世面,真不该写文章再三再四,怎么说呢,向世人暗示李鸿章的女婿是谁?我胡兰成又是谁谁谁?

我常想,如果张爱玲不是李鸿章外戚家谱里的一员,胡兰成还会不会与她男女相悦?世道人心其实是最简单不过,说到男女相悦,且就说"相悦"吧,原比别的词雅相些,一种情况是相悦了而不说,一种是相悦后大说特说,胡兰成是后者,他希望的"山河静好"其实并不静,在他希望的岁月静好里最好要时时"有凤来仪"。但这凤岂止张爱玲一凤。《今生今世》一路写下去便果然又飞出几个凤来,从汉阳一直到日本,到处野花缤纷,一时给胡兰成提供多少显摆。

胡兰成的文字别有一功,只看《今生今世》前几章好不让人喜欢。此书第一章就是《桃花》。"桃花难画,因要画得它静。"一开始这句话就让人犯糊涂,却又让你喜欢,喜欢他是在胡说,桃花要画得动起来才难,谁画的桃花不是静?连任伯年的桃花和吴昌硕的桃花都一枝一枝静在那里,但胡兰成整个一部书就这样起头,让你想不到,想不到世上会有这样的开头!又如《胡村月令》这一章,第一句就是:"桑树叫人想起衣食艰难,我小时对它没有对竹的爱意。"也好，开头开得与众不同，一如《古诗十九首》的开头，让人无法捉摸。胡兰成的文字好，是好在与常人角度不同；张爱玲的好，是好在感受与众不同。

　　时至今日，记写和评价张爱玲的文字加起来怕是要比张爱玲本人的作品还要多，但在众多有关张爱玲的文字中，最好的还是胡兰成。张与胡，两个人的才气相比，胡兰成毕竟稍逊一筹。我一边喝茶一边对看他们两个的文章——《小团圆》和《今生今世》，有时候要忍不住笑出声。胡兰成这样写道："我们两个人在一起，只是说话说不完，在爱玲面前，我想说些什么都像生手拉胡琴，辛苦吃力仍道不着正字眼，丝竹之音亦变为金石之声，自己着实内心懊恼，每每说了又改，改了又说，但爱玲喜欢这种刺激，像听山西梆子似的把脑髓都要砸出来，而且听我说话，随处都有我的人，不管是说的什么，爱玲亦觉得好像'攀条摘香花，言是欢气息'。"

　　这真是写实，像是能感觉到胡兰成说话说得语速快到像是要结巴起来，当然也有些夸耀在里边，夸他自己。胡兰成也真是爱张爱玲，张爱玲也爱胡兰成——起码是爱过："我与爱玲只是两情相悦，《子夜歌》里称'欢'实在比称爱人好，两个人坐在房里说话，她会只顾'孜孜'地看着我，不胜之喜，说道：'你怎么会这样聪明!'"胡兰成真会锤炼字句——"孜孜"——张爱玲的目光孜孜!胡兰成有那么好看吗?照片上老年的胡兰成很瘦,大额头,细眼睛,好看也罢不好看也罢,问题是我们要看的不是胡兰成,在这样的描写里让我们看到的是痴情的张爱玲。此时的张爱玲戴着一副嫩黄边框眼镜,身上是宝蓝绸袄裤,够刺激。

她是为了刺激谁?对面站着的就是胡兰成。胡兰成写文章,凡是写到女子,都要用来衬自己一下,所有的女子对他,怎么说呢,一律都是绿叶,真正的红花是胡兰成,这也是胡兰成让人讨厌的地方。也许,他只当过一回绿叶,是在张爱玲那里,这让张迷多少感到安慰。怎么说胡兰成?这样的一个人,有些浮浪,有些轻薄,有些自喜,但他还有些勇敢,敢对张爱玲说他与某某女已经有过几番相悦!但胡兰成的文字毕竟还是好,是那个岁月的范儿,读他的文字,让你觉到一种近乎古典的尘埃落定的清鲜。

前年我去嵊州,游了不得要领的天姥,看过窄而又细的剡溪,再夜游我心仪已久的富春江,诗人蒋立波开车把我们拉来拉去。第二天又看了一回黄公望的筲箕泉,立波夫人请我喝她自己做的杨梅酒,酒色彤红晶亮,十分上口,坐在半山亭里,只觉四围竹丛野花俱是美人,人是不觉已微醺。那次还有诗人俞永富和作家丁国祥,忽然就说起他们的老乡胡兰成来,说嵊州地面想给胡兰成建一纪念馆,我当时一下酒醒。眼前山川,正是黄公望的富春山,但我却分明不愿意嵊州就是胡兰成的嵊州。

胡兰成的书现在被人们广泛地读着,读他的书我想一大部分都是张迷。不说胡兰成的一生行止偏正歪斜,只把他的著作细心读一个过,好像是,不会有什么东西留在你的心里,要说有印象,也只是他的语言和叙述的与众不同。我开玩笑对在座的朋友说:"嵊州要是给胡兰成盖纪念馆,那么抚顺都要给我盖祠堂了!"

胡兰成是风流的,也真是风流,胡兰成是才子的,行文每每与众不同而清浅可爱,不妨再引他一段:"小燕子也不可摸,笋也不可摸,凡百物皆有个相敬如宾,这回我在日本,偕池田游龙泽寺,进山门就望见殿前坡地上有梅花,我心里想:'呀,你也在这里!'而那梅花,亦知道是我来了,但我不当及走近去,却先到殿面里吃过茶,又把他处都游观了,然后才去梅花树下,这很像昔年我从杭州回家,进门一见玉凤,就两个人心里都是欢喜,但我且与母亲与邻人说话,玉凤亦只在灶前走动,不来搭讪。"这就是胡兰成。

如果要纪念，我想嵊州也不必修馆，我想胡兰成的照片与著作倒应该统统都放到张爱玲的纪念馆里去，如果张爱玲有她自己的纪念馆，那倒是对胡兰成最好的纪念。而且，注定还会又起一番尘埃难以落定的热闹。

"竹林七贤"的背影

对"竹林七贤"的喜欢还是要从画像砖说起,古代的画像砖在最早应该是有颜色的,衣服啊,人的面部啊照例都会有颜色,但经过漫长岁月,那些颜色全部褪掉了,颜色褪掉后,让人想不到的效果发生了,画像砖上,只有线条的人和景物竟然会更好看。

好多年前,看"竹林七贤"画像砖的拓片,真是喜欢他们的衣饰和发型,还有他们手里所持的物品和他们的身影坐姿。之后,读《中国文学史》,才真正知道"竹林七贤"是怎么回事,关于"竹林七贤"的七位先贤怎样排名,一直是有争执的,这让我觉得好笑,争执的焦点就是阮籍和嵇康就文学成就而言谁应该是七子里边的老大。

就我个人而言,我还是喜欢阮籍,阮籍诗歌里流露出来的那种惆怅和伤感,无疑是一种美,伤感和惆怅的美。虽然嵇康没事喜欢"砰砰嘭嘭"地去打铁,至于他为什么喜欢打铁,不管后人有多少揣测和解释,对我而言那只是一个画画,也真不知道嵇康打铁的时候穿着什么样的衣服,一手持钳一手持锤满脸是汗火星四溅,问题是他在打什么?农具?比如是一片犁铧,还是在打一把剑,关于这一点,我想了许多,打剑的可能性不大,如果嵇康在那里打剑,便会让人有政治的附会与揣测。总之,当我和我的朋友油画家马上上到半山腰上的嵇山亭,我靠在那块很古老的石碑上让马上给我拍照留念,心里却想着嵇康打铁的地方究竟在什么地方?

嵇康为人很有趣,他在树荫下"砰砰嘭嘭"火花四溅地打铁,钟会去看他,嵇康却对钟会不理不睬,一句话也没有。钟会立候很久,准备离开时,嵇康才终于开口问钟会:"何所闻而来,何所见而去?"钟会回答:"闻所闻而来,见所见而去。"一问一答,亦算是云台山百家岩当年的佳话。

嵇山亭是为纪念嵇康建的一个亭子,实际上只是一个碑亭,为清代的一个老和尚所修。亭子里的那块石碑正面只有两个行书大字"嵇山",而碑阴的碑文因为时代久远早已看不清是些什么字,虽然马上蹲在那里看了又看,也终于还是看不出是些什么字。

从河南境内进入云台山百家岩，自然看到竹丛，说到"竹林七贤"，没有竹子是绝对不可以的。但河南这边的竹子多是细竹，是郑板桥笔下的那种，细而颇见风致，一丛丛让人不由得不怀古，这怀古的情绪来得是风生水起，是不由人。人们来到这种地方其实就是要怀古，怀想那七个脾气古怪行径亦是古怪的古人。

我来云台山，已不是第一次，上次来是从山西境内那边迢迢地过来，关于"竹林七贤"的云台山百家岩，山西和河南一直在争执，争执的焦点不外是"竹林七贤"的百家岩是山西的还是河南的。上云台山有两条路，一条从山西那边上，一条从河南这边上，但你如果从河南这边上，云台山到底归属哪个省份就不再会是个问题。就以"竹林七贤"活动的那个时期为历史背景，再从进山的路线和从历史上政治中心所能辐射的区域分析，还有汉献帝的那个陵墓，都会让人不难明白"竹林七贤"当年活动的主要区域只能是在河南境内。

说到"竹林七贤"，说到这个"七"字，七这个数字在中国是个很特殊的数字，天上有北斗七星，文学史上有"建安七子"，紧跟着，又来个"竹林七贤"，都是七。"建安七子"指东汉末建安时期曹氏父子之外的七位著名诗人：孔融、陈琳、王粲、徐干、阮瑀、应玚和刘桢。"七子"之称，不是后人的总结，而是始于曹丕所著《典论·论文》。而魏末的这七位，比"建安七子"要晚一些。他们是嵇康、阮籍、山涛、向秀、刘伶、王戎及阮咸。这七位与竹子有密切关系的人物真正都不是等闲之辈，他们在一起玩，弹琴，赋诗，著文，啸嗷，搞出的动静惊动了整个中国文学史。"建安七子"在"竹林七贤"之前，似乎是"竹林七贤"的样板，前边有七，后边再跟个七。所以，不能不先说一下"建安七子"。

"建安七子"里的第一个人物孔融，是孔子的二十世孙，鲁国曲阜人。他年少时曾让大梨给兄弟，自己取小梨，因此佳话千古。这个故事也就是小时候父母常常拿来跟我们小孩说事的那个"孔融让梨"的故事。孔融早年曾经参加讨伐董卓，后来为曹操办事，但后来因劝阻曹操攻打刘备而被处死，想必当时言辞和态度都相当激烈，一时惹怒了曹操。孔融一生所著文章甚丰，其文章的风格华丽如织锦令人目迷五色，但我最喜欢他的文章还是《与曹操论禁酒书》。

在中国的历史上，因为种种原因而屡屡禁酒，但总是屡屡禁不了，酒的魅力实在是强大，真希望有专门谈中国历史上禁酒的专著出版，想来应该是一本十分有趣的读物。在湖边的那个学校里教书的时候，鄙人读古典文学多一些，那时候很想把"建安七子"的孔融、陈琳、王粲、徐干、阮瑀、应场、刘桢和"竹林七贤"的嵇康、阮籍、山涛、向秀、刘伶、王戎及阮咸放在一起写一篇对比文字，若此想法变成真，当是一件十分有趣的事。

这次从河南焦作入云台山登百家岩时这种念头忽然又从心中升腾起来。既登云台山，于竹丛边仰望百家岩危岩之上的那座古塔，《中国文学史》突然在心里又像是活了起来，那七个人，像是宽衣博带嘻嘻哈哈依次从竹丛那边走了出来，而走在最前边的，我想应该是嵇康，大个子，美容仪，而且手劲十足。

我对马上开玩笑说，小心，要是嵇康过来和你握手，千万小心。

河南焦作，自古就是个出大人物的地方，只这"竹林七贤"就让魏晋之后的文人雅士们，当然也包括了我们现在的这些作家，怎么说，一旦想起他们，便如高山仰止。

"竹林七贤"中的七个人，论诗文，不少人都喜欢阮籍；但若论行为举止，许多人却又喜欢嵇康。嵇康，字叔夜，本姓奚，祖籍会稽，学者们认为就当时的社会地位和影响而言，嵇康应该是"竹林七贤"的领袖人物。嵇的先人,因避仇迁家谯国侄县改姓嵇。嵇康是曹操的孙女女婿,官至中散大夫,故又称嵇中散,著有著名的《养生论》,他的养生观有很强的政治色彩,是"越名教而任自然",就是一旦说到养生,名教都可以放在一边。嵇康与王戎、刘伶、向秀、山涛、阮咸、阮籍等人当年在云台山的百家岩一带诗酒唱和,流连泉石风月,一时被称为"竹林七贤"。这样的人物,远离城市,待在山里,是否容易被人们当作坏人?想想便忍不住想让人发笑,可能正是因为这样,所以人们才特意给他们七个人冠之以一个"贤"字。

嵇康弹得一手好琴,古人把弹琴叫作"鼓琴",其善弹的名曲便是有名的《广陵散》。《广陵散》是大曲,在弹奏上有相当大的难度,其情绪变化极其激烈悲伤。嵇康著有《嵇中散集》,传世的各种版本里要数鲁迅辑校的《嵇康集》为精善。而我最喜读他的文章依次是《声无哀乐论》《与山巨源绝交书》《琴赋》《养生论》。在中国,如果说现当代文学时期最缺少的是贵族作家的话,而在魏晋时期,却不乏贵族作家,他们写作不为衣食,不为谋职改变身份,他们的为文,只为自己心情的安妥,直接与天地对话。

"竹林七贤"中的阮籍是个在民间传说颇多的人物,关于他的喝酒，几近疯狂而又可爱，他喝酒的传说要比刘伶的一醉三年才又活过来有趣得多。阮籍是陈留尉氏人，他的父亲就是"建安七子"之一的阮瑀，不用细参，便可见他的家学如何。阮籍曾任步兵校尉，世称阮步兵。也许是目睹了太多的人生无常，阮籍在政治上采取了谨慎避祸的态度。

阮籍是"正始之音"的代表，其中以《咏怀》八十二首最为著名。每读阮籍诗，读几首便不敢再读，其悲愤哀怨每每会让人好几天都从中走不出来。阮籍还长于散文和辞赋。存世散文九篇，其中最长及最有代表性也最好看的当数《大人先生传》，明代张溥辑《阮步兵集》、近人黄节有《阮步兵咏怀诗注》，都是研究阮籍的必备读物。

阮籍曾登广武城，观楚、汉古战场，慨叹"时无英雄，使竖子成名！"当时明帝曹叡已亡，由曹爽、司马懿夹辅曹芳，二人明争暗斗，政局十分险恶。曹爽曾召阮籍为参军，他托病辞官归里。正始十年，曹爽被司马懿所杀，之后司马氏独专朝政。司马氏杀戮异己，被株连者很多。阮籍本来在政治上倾向于曹魏皇室，对司马氏集团怀有不满，但同时又感到世事已不可为，于是闭门读书，不涉世事，或登山临水，或酣醉不醒，或缄口不言。

但迫于司马氏的权势，阮籍到后来还是接受了司马氏授予的官职，先后做过司马氏父子三人的从事中郎，当过散骑常侍、步兵校尉等，因此后人称为"阮步兵"。他还被迫为司马昭自封晋公、备九锡写过"劝进文"。因此，司马氏对他采取容忍态度，对他放浪佯狂、违背礼法的各种行为不加追究，唯其如此，最后才得以善终。晋文帝司马昭欲为其子求婚于阮籍之女，阮籍的反应是，连连大醉数月，让人无法开口，司马昭遂不得不打消这个念头。"竹林七贤"中的七个人物，即以民间传说而言，对后世影响最大的应当非阮籍莫属。

至河南境，入焦作地面，再登云台山访百家岩，不少人都会想到诗文和七贤的那些风流蕴藉的故事，而我却忽然想到酒。上山之前，原想带一壶酒在竹林边与马上左一杯右一杯地对饮，如果，我们二人坐在竹林边对饮起来，想象之中，那一千五百年前的七贤会不会一时闻讯俱来？

说到喝酒，"竹林七贤"个个是好汉。我小的时候，父亲曾给我讲过刘伶喝酒的故事，当然就是那个"杜康造酒刘伶尝，一醉三年才还阳"的故事。在百家岩，有关"竹林七贤"的遗迹其实并不多，也只两处，一处是嵇山亭，一处就是从嵇山亭往高处走，再往西，走过那狭而长的莲池，再迤逦往上，上到一个狭长的台子上然后往下看，便可以看到那据说是刘伶醉酒后躺在上边一睡三年的石台。三载的春夏秋冬花开花谢,人却在梦里颓然不知,那可真是好酒!登云台山,真是不能不让人想到酒,以饮酒而避世,又着实让人伤感。

"竹林七贤",除嵇康阮籍之外,山涛、向秀、刘伶、王戎及阮咸也都不是等闲人物。山涛,字巨源,西晋河内怀县人,官至吏部尚书。西晋河内怀县就是今天的河南武陟,山涛虽居高官,却贞慎俭约,俸禄薪水,散于邻里,时人谓为"璞玉浑金"。武帝时任尚书之职,凡甄拔人物,各有题目,称"山公启事"。山涛好老庄学说,与嵇康、阮籍等交游,为人小心谨慎。山涛在"竹林七贤"中年龄最大,仕途平步青云。山涛后来推荐好朋友嵇康来洛阳做官,没料到嵇康不但不领情,还写了一篇《与山巨源绝交书》的奇文,一时成为文学史上的佳话。然而,嵇康在刑场临死前还是将自己的儿女托付给了山涛,留言道:"巨源在,汝不孤矣。"在嵇康被杀后二十年,山涛荐举嵇康的儿子嵇绍为秘书丞。年四十,始为郡主簿,一个小小的官。

刘伶是"竹林七贤"中最擅长喝酒和品酒之人。为避免政治迫害,为人任性放浪。一次有客来访,他赤身裸体不穿衣服。客人责问他,他说:"我以天地为宅舍,以屋室为衣裤,你们为何入我裤中?"但他的酒并不白喝,有《酒德颂》一篇传世。《晋书·列传十九·刘伶》记载：刘伶……身长六尺，容貌甚陋。放情肆志，常以细宇宙齐万物为心。澹默少言，不妄交游，与阮籍、嵇康相遇，欣然神解，携手入林。初不以家产有无介意。常乘鹿车，携一壶酒，使人荷锸而随之，谓曰："死便埋我。"其遗形骸如此。尝渴甚，求酒于其妻。妻捐酒毁器，涕泣谏曰："君酒太过，非摄生之道，必宜断之。"伶曰："善！吾不能自禁，惟当祝鬼神自誓耳。便可具酒肉。"妻从之。伶跪祝曰："天生刘伶，以酒为名。一饮一斛，五斗解酲。妇人之言，慎不可听。"仍引酒御肉，隗然复醉。尝醉与俗人相忤，其人攘袂奋拳而往。伶徐曰："鸡肋不足以安尊拳。"其人笑而止。

　　细读此文，刘伶之可爱跃然纸上。

　　说到"竹林七贤"，非止饮酒狂放，诗酒之外的音乐亦非历朝历代的文学社团可比，如果古时的那些以文相聚的文人可以叫社团的话。嵇康的古琴之外，还有就是阮咸的善弹直颈琵琶，直颈琵琶改称为阮即从阮咸始。阮咸不仅擅长演奏，也精于作曲，唐代流行的琴曲《三峡流泉》据说就是他所作。一九五〇年，南京西善桥南朝墓出土持阮弹奏的阮咸画像，神情专注，似乎沉浸在音乐之中。

说到"竹林七贤",还不得不提一下的是被阮籍最看不起的王戎,王戎是"竹林七贤"中年龄最小,也是最庸俗的一位。晋武帝时,历任吏部黄门郎、散骑常侍、河东太守、荆州刺史,晋爵安丰县侯。后迁光禄勋、吏部尚书等职。惠帝时,官至司徒。《世说新语》载,王戎家有好李,常卖之,但恐别人得种,故常钻其核而后出售。关于这一点,让人不大敢相信,将要出售的李子都——钻孔,怎么钻?用什么钻,钻过孔怎么卖?让人难以相信。

来河南,登云台山,看百家岩,下山的时候须再次经过嵇山亭,不由得让人再次想到弹得一手好琴的嵇康。嵇康被处死,行刑当日,三千名太学学生集体请愿,请求赦免嵇康,并要求让嵇康来太学做老师。但最终司马昭还是判其死刑。临刑之前,嵇康神色不变,竟如同平常一般。他看了看日影,尚不到行刑时候,便向兄长要来他的古琴,端坐刑场抚一曲《广陵散》。这就是打铁和抚琴的嵇康。后来听当代琴家管平湖的《广陵散》,心里却总想着一个人,端坐那里,长发披散,那就是嵇康。

那是一个想保全性命而又无法保全的时代。但可以想象"竹林七贤"在河南焦作的云台山百家岩度过的时日是愉快的,鼓琴弹阮唱歌饮酒的日子自有快活在里边。和嵇康相比,阮籍的保全性命得益于他的悟感。有趣的是阮籍居然向司马昭要官，明确要担任北军的步兵校尉。其唯一理由，是他打听到兵营的厨师特别善于酿酒，而且还打听到有三百斛酒存在仓库里。到任后，除了喝酒，一件事也没有管过。在古代，官员贪杯的多得很，贪杯误事的也多得很，但像他这样堂而皇之纯粹是为仓库里的那几斛酒来做官的，实在是绝无仅有，这就是"竹林七贤"的旷达与风流——是从痛苦的狭缝里开出的一朵惨白惨白的花朵。

　　对我个人而言，河南云台山真是一个令人向往的地方，这次来云台山真是后悔没把那张膝琴带来，试想想，坐在嵇山亭或刘伶醉酒的那块巨石上弹一曲是什么感受？虽然我不大会弹《广陵散》，但随便弹一下什么曲子，想想曾在此山打铁弹琴的大个子嵇康，想想阮籍和山涛，再想想其他那几位，一千五百年的光阴瞬间都在眼前。

岁月包浆

盘玉记

小时候住的那个大杂院，也只能叫作大杂院，名字却好，只叫"牡丹里"，让人想到古时的里坊制度，又让人想到牡丹。据说这地方原来曾有过一个牡丹园，是私人的，春时牡丹花开，不少人不免要携酒前来风雅。我们住到这里来的时候一切都已不复存在，是推倒了原来的三四处四合院重新盖的新建筑，也就是排子房，红砖青瓦倒不难看，一排一排地过去，从南往北数东西各八排，从北往南数也是东西各八排，这便是废话一句。院子靠南有一大块空地，空地的东边是公厕，南边男厕，北边女厕，这亦是废话。空地处后来被人们种上了菜，人们各自去占一小块地，刨了，平整了，来年便肥水兼施地种下菜去，萝卜白菜一时有青有白，开花却是黄的，唯蚕豆开花白，白色的花瓣上又有个黑点，有水墨的那感觉。虽是青菜，花开照样招蜂惹蝶好不热闹。

再到后来，人们不再种地，却是在空地上起屋，你起一间他起一间，逐渐将那一片空地盖得再无空地可言。再后来小区改造，所有房子都被平掉，现场一片狼藉一如战争刚刚爆发。

父亲那时所收藏的古玉，均是商周高古玉，共计三百品，之外的战汉玉不计，平时就都放在一个五屉柜里并不怎么珍贵它的意思，但是不许我们弟兄动。古玉是一品一个布袋儿，那种厚布，麻灰色，系黑绳，并非锦缎。父亲没事会把古玉一件一件拿出来看，但很少盘玩，父亲说生坑最好，千万不要瞎盘，盘坏了是罪过，也不要吐灰，吐坏了亦是罪过。真正收藏古玉的人都喜欢生坑，而没事把一块玉盘来盘去的往往又不是收藏古玉的人，也只那么三五块，盘着玩玩，兴冲冲出来进去，手里总是有事，日子便过得像是有寄有托。如果收藏的玉多，也盘不过来，只能端端收好便是，要想看都看不过来。

古玉不盘要生坑。父亲说。所以我只八九岁便知生坑熟坑。

家父是有心人，他喜欢什么必教我们什么，他不说盘玉，只说是"亲近亲近"，和古玉亲近亲近，就像玉一时有了生命，要和人朝夕相守的那个意思。

十岁那年过生日，父亲便给我商周古玉两品要我与它亲近。一品是直到现在我还戴着的商代咬尾龙小玉璧，原是古时开大玉璧砣出来的璧心，还不那么圆，孔是一面钻。另一品是周代玉组佩里的大勒子，宽四厘米，长十厘米，厚不足一厘米，上边是勾撤法鸟纹，鸟尾扬起来却又变做龙纹。是西周鸟纹龙纹合一的常见纹饰。此大勒子玉质特别的温润，工又特别的精良，但边缘钙化开裂，有一纸薄厚的裂隙。父亲说这块玉身份极高，玉与工都十分少见。父亲曾给这块玉吐过灰，用开水放钵里浸过，再浸，再浸。要吐出里边的脏东西，父亲说"你和它亲近它就和你亲近"。后来果然是这样，父亲又对我说"贴身戴着就好，不必放糠袋里去盘"。那时我已经知道了糠袋是什么，父亲说"不要什么粗糠细糠大袋小袋，都不要，就慢慢盘，贴着身子让身子去盘，让体温与皮肤去和它亲近，你盘不出来让你儿子接着盘，两三代人共盘一块玉不是什么传奇"。

古玉是有生命的，里坊间的诸多传说且不说，比如，什么人平地摔了个跟头，玉碎了，八十岁的主人却没事。是玉替人挡了一灾。古玉貌似静定，却极有变化，比如，我项间那块咬尾龙小玉璧，一开始是黑如墨，对着光看才有一些绿意。而戴在身上日久，几十年过来，里边的黄沁便慢慢出来，新玉是没这种变化的，明清玉亦不会有，唐宋元古玉也很少这种变化。真正的商周高古玉才有，而真正的商周古玉又是一出土就干干净净脸面齐整，上边或附有泥土，那泥土也是其硬如玉，原已与古玉生长在一起，古玉吐浆，浆把附在其上的泥土包裹，两千多年下来，想除去这样的一小点一小点泥土还很难。

古玉无法仿，你可仿其形，其神采是永远不可仿制，看古玉只需一眼，不要多看，是要看其神气皮壳，有的高古玉出土一如新玉，那只是一般人的眼里所见，其实大不一样。古玉皮壳极是松，松松的，贼光是一点没有，是珍珠的那种感觉，是珠光，漫散的，松松的，柔和异常特别迷人。

商周以降，唐宋元明清的玉是没有这种现象的。

玩玉的人盘玉，不外是身上常带着个糠布袋，先是粗糠后是细糠，或粗细交加，没事用手搓捏，但一捏盘过头皮壳便会坏掉。父亲对我说盘玉不要那么急，要慢盘，慢盘便是贴身贴肉，是天长地久，五年，十年，十五年，二十年就那么过来了，人与玉相亲，玉与人亦复相亲，古玉的精彩便会给慢慢焕发出来，用行间的话是醒来了，苏醒了。

实际上，人们常说的古玉非盘不可见其神采也不对，是人与玉相亲，你不必盘，只时时与你的肌肤相亲，久而久之，自然会神采焕发。这也是生坑变熟坑的过程。可以盘的玉一般都是古玉的某些特征特别明显,即是盘也不会把这种特征盘掉。而一出坑就像新玉一样的古玉一般最好不要盘。

商周高古玉多以动物为主题却轻贱了花花草草,商周古玉是既无花也无草,是动物的世界,是神物的时代,花草植物纹饰的出现当在唐宋之后。而到了明清,花花草草越发多了起来,凤穿牡丹,松鹤延年,石榴多籽,是日常生活的清浅,波澜不兴的平和,民间的趣味。商周古玉的魅力与魔幻性至此荡然无存。

父亲给我的那块西周凤纹龙纹合一的勒子常年被我戴着,是洗澡也不离,睡觉也不离。而忽然有一天,夜深人静靠在床上读书时,它在脖子上只一滑,便滑到腋下去,"砰"的一声碰在床栏上,我把它拿在手里在灯下细看,却不禁吃了一惊,那边缘的裂隙居然不见,居然弥合了。在灯下细看,隐约还可以看出那一道痕迹,但实实在在是弥合了。

世间事,不可思议者真是多矣,也不必思议为什么,如事事都要了然于心,人活在这个世上便更加繁难,倒想起郑板桥那句话来,人有时要糊涂些才好。古玉的神秘不可知就是要你不可知,但需你与它亲近,用你自己的肌肤唤醒它,这么说,真正玩过古玉的人一定不会不同意。但是,一个人是很难有机缘跨过遥远无际的时空去与商周古玉相会,有些人玩玉,却一辈子没有上手过一块商周古玉。

古玉的魅力只在它的不可知,不可预期。

那年,父亲去世之前,我和我的哥哥仓促间在"牡丹里"的东墙之外去把两品西周晚期大璧埋在一棵双杈杨树下。多少年过去,现在想起来,那里已是一片新的小区,"牡丹"二字虽在,却叫了"牡丹里新区",而那两块大璧,已不知它在何处,亦不知它要在地下沉睡到什么时候。

虎符小记

那年正月某日,刚过十五,古董店的黄猫打过电话来说这几天手臭打麻将紧着输,愁钱,要出东西,正好西边的工地刚刚开工挖出不少铜钱,还有些别的小东西想让我看看。我说那好吧,你过来喝茶。

前脚打电话后脚黄猫就到,且气喘,从袋里用手排出一些破玩意,绿铜一堆都是北魏五铢。我对黄猫说你又不是不知道我不玩这东西,黄猫遂又用两指捏出两寸许一指宽物件,亦是锈得极满,老东西是会说话,并不用细看,嘴上不说,心里已知大约是何物,胸口只觉着一阵一阵发紧,想必脸上也已放出大光芒来。遂赶紧背过身掩饰过去,又重新换茶倒水,把上午的陈茶倒去,且不说此件彼件,只说大正月的一堆破铜烦人。

黄猫说有几个给几个便是,知道哥不玩这种零碎东西,遂三千元一并拿下。数过钱,递于黄猫,心跳得更厉害,知道捡了大漏，五铢钱不算，值当不了几个钱。

宝贝便只是这"与里中太守"虎符。

当晚紧闭了门户，只取杏干一掬，放石臼里捣黏，把白天黄猫送来的东西整体糊住，这是民间的除铜锈法，此法既可除千年之锈又不至于破坏物件。用杏干泥把物件糊一夜，第二天剥去已经干掉的杏泥糊，老锈仅去掉一点，便再捣杏泥糊再糊，如此再三，物件上的铜锈才大致掉去，背部的错银字才显露出来，只五字：与里中太守。

此虎符为留中虎符，母卯。也就是留在皇帝手里的这一半。

虎符是中国古代金属制的虎形调兵凭证，传说是西周姜子牙所发明，由中央政府发给掌兵大将，其背部刻有铭文，分为两半，右半存于朝廷，左半发给统兵将帅或地方长官，调兵时需要两半合对铭文才能生效。

虎符专事专用，每支军队都有相对应的虎符。现存最早的虎形符节是战国时期的"辟大夫虎节"和"韩将庶虎节"，其形制、作用与虎符皆同，可视为虎符前身。古时使用虎符有严格的规定，专符专用，一地一符，绝不可能用一个兵符同时调动两个地方的军队。在历史上，虎符的形状、数量、刻铭以及尊卑也有很多的变化。

从汉朝开始至隋朝，虎符均为铜质，骑缝刻铭以右为尊。隋朝时改为麟符。唐朝因为避李虎讳，遂改用鱼符，后来又改用龟符。南宋时恢复使用虎符。元朝则用虎头牌，后世演变为铜牌。

虎符盛行于战国、秦、汉，著名的阳陵虎符为秦代之物。虎颈至胯间左右各有错金篆书铭文两行十二字，书曰："甲兵之符，右才(在)皇帝，左才(在)阳陵。"阳陵为秦之郡名，即今陕西高陵区。此件铜质，为秦始皇授予驻守阳陵将领之虎符。此件虎符因入土年久，对合处生锈，现左右不能分开。

另一件国宝级虎符为新郪虎符，汉淮南王刘安私铸。王国维误考为战国虎符。通长八点八厘米，前脚至耳尖高三厘米，后脚至背高二点二厘米，重九十五克。模铸，伏虎形，前后脚平蹲，头前伸，耳上竖，尾上卷。铭文字数，体有错银铭文三十九字（其中合文一）。现为法国巴黎陈氏所收藏。其铭文释文：甲兵之符，右才（在）王，左才（在）新郪。凡兴士被（披）甲，用兵五十人囗（以）上，[必]会王符，乃敢行之。燔囗（燧）事，虽母（毋）会符，行殹。

再有就是中国历史博物馆中藏有"西汉堂阳侯错银铜虎符"一枚，长七点九厘米，宽二点一厘米，高二点柒厘米，虎做伏状,平头,翘尾,左右颈肋间,各镌篆书两行,文字相同,曰"与堂阳侯为虎符第一"。

西安市的陕西历史博物馆也藏有一枚从西安西郊发现的虎符,据考是公元前四百七十五至公元前二百二十一年的战国文物,称为秦代错金"杜"字铜虎符,高四厘米,作猛虎疾奔状,虎符的身上刻有嵌金铭文四十字,记述调兵对象和范围,制作却极为精巧。

秦杜虎符出土于二十世纪七十年代初期,西安市南郊北沈家桥村少年杨东峰在村西帮助大人平整土地时,铁锨碰上了金属硬物,他拾起那块拳头大小、裹着泥土的金属物在铁锨背上磕了几下,一件类似动物形状的铜质器物便显露了出来,拿回家便被随手丢在了窗台上。因为当废铜卖太轻,值不了几个钱,于是此后的两年多时间里,这件金属动物成了东峰姐姐几个孩子手中的玩物,被他们在游戏中丢来摆去,渐渐地便摩挲出了其上的金黄色文字。文字为篆书,杨东峰怀着强烈的好奇心,揣着这件神秘器物来到西宁市文物商店。文物商店的人员也搞不懂眼前的器物,便告诉他到碑林博物馆看看。于是杨东峰来到了碑林博物馆,碰巧便遇到了考古专家戴应新先生。当时,发现虎符的杨东峰仅仅要求一套红卫兵穿的军服作为代价,博物馆没有军服,于是给了他几十元钱。现在,杜虎符已是著名的文物且价值连城，珍藏在博物馆中。

郭沫若当年与虎符亦有一段佳话，他于重庆街头购得战国时期的虎符，后来遂写一剧，剧名就叫《虎符》。又有一说是某考古单位考古发掘得一虎符请郭鉴定，郭爱不释手，整日摩挲，但后来忽又被有关单位收去，遂写《虎符》一剧以纪念之。

"与里中太守"虎符长八厘米，宽二点五厘米，做蹲伏状，尾盘曲至耳际，其形制与旅顺博物馆所藏虎符类似，似为北魏早期物。恰好出土地又在古平城一带，遂查《魏书》，且一时又查不到"里中太守"相关词条。而灯下细细摩挲刚刚除了锈的虎符，心里一阵一阵发跳，知此物绝非寻常之物，想不到正月十五一过便有此好事，不免在心里感谢黄猫，心想必要请他酒才是，黄猫偏又不善饮，饮二两便把冰箱当了卫生间的门拉开硬要往里钻，还说此门太小。但既有这好事，若放心里不说便要憋出病来，便径直给黄猫把电话打过去，一是一二是二告诉他，要他来看，也是想炫耀自己的除锈手段。黄猫那面相已是醉了，哇啦哇啦老半天说不清爽，舌头已经打了结，虽说说不清，但他已听清，可他还是不明白虎符是什么物件，不免又教导一番，亦算是免费课徒。

好一阵啰唆，放下电话，忽然便觉自己已是犯错，虎符岂是一般物件，"非同小可"这四个字原是给它准备，但既说出去，心里便不再憋，欢喜也是容易让人郁结。便想着把虎符放什么地方好，左不是右也不是，遂用一绳穿了挂在脖子上，贴肉贴肤，总算有个安顿。后来去北京见朋友，酒后往往从领口处把此宝贝小心捏出，周围便忽然静场。那次在"那儿"酒吧见艾未未，亦是一时静场，却忽然都懵了，毕竟能亲见虎符的人没几个，上手更不可能。古时也只有皇帝与大将军可亲近此物。只是不知道大将军是否一如我，把虎符直接挂在脖上，日夜贴肌贴肤，形影不离。

没隔两天，黄猫便兴冲冲来了电话，听出来他这次没喝酒，"二""爱"尚能分清楚。便问他是不是最近又手臭要卖烂铜。黄猫却声音突然细弱，说有行家要来看一下那个小东西，那小东西便说的是虎符。虽然虎符的身份绝无问题，但还是想让懂行的人看看，遂答应黄猫让他带人过来，但又不放心，便牵了狗去小区门口贼样张望。

黄猫已和那个人晃了过来，来人一身名牌西装，嘴上叼着根小萝卜粗细哈瓦那雪茄，两眼眯着，像是抹了清凉油努力也难睁开。且不多话，我带他们往家里走，进门的时候却要他们在前边，小狗却一蹿，已经占据了沙发。及至进屋在客厅坐定，雪茄爷却忽然又谦恭起来，原来是看到家里的四壁图书，且只左左右右环顾，只见其脖子上肥肉层层叠叠，我说也没个别的，就是些破书，雪茄客却说这么多书的人家还真没见过。遂正脸对我，层层叠叠的肉又转移至下巴。想不到他还是个敬重书的人。

黄猫已去小餐厅泡茶，花茶红茶绿茶乱问一气，我说逮住什么就喝什么，都是旧茶，新茶还在茶园子里，枪也没伸旗亦没展。黄猫便胡乱泡上茶来，水热茶浓，急急喝过，我便又去了里间，掩了门，把虎符从脖子上取下，解开绳扣，又装在一个小锦盒里，想想不妥，又找小锦袋，放袋里再放锦盒中，这才停当。我携了盒子从里间出来，且先不递到雪茄客手里，要他和黄猫随我到小餐厅灯下细看。三人在小餐厅坐好，我把可以调节高低的灯拉下来，灯光只把手罩住，三张脸却全都在灯光之外，六只眼都聚了光，盯住我的手，我慢慢打开小布袋，黄猫先"呀"了一声，蛇咬一般，我说你怎么了，不舒服？黄猫说原来上边还有字。

没字就不是虎符了。雪茄客要黄猫且站一边。

我却要黄猫再坐下，坐下，脸又都在灯光里，三个人灯下品字形围坐好,雪茄客却又先不看虎符,把雪茄再点着,又开扯闲篇,说,想不到你倒是个读书人,原以为你是在街上练摊儿的主儿。我胸口突然一鼓,气要上来,但一想世上的人未必都知道你名字是哪三个字,遂说我岂止是个读书人,你太过奖。雪茄客又掉过脸责怪黄猫说怎么不先介绍一番,想不到在此小城见大儒。我说那倒不敢当,现世也没什么大儒,儒是古代的事,现在的人是吃饭机器再加上性交机器而已!或再认几字罢了。

雪茄客一愣,话锋一转,却夸起茶来,说过几天让人寄梅家坞来,狮峰今年好像不大行。又只说只想北方人不懂茶,却想不到在你这里喝这般好茶。黄猫说王老师家里三个冰箱,最小那个只放茶。雪茄客轻"哦"一声,说绿茶还真得放在冰箱里,红茶倒不必。只说茶,还是不说虎符亦不看,我扫一下灯下那虎符,铮铮一块古金平躺在一片古锦缎上,让人好像听到千军万马厮杀呐喊,这样想,便是小说情节了。

茶又过三巡,雪茄客方才有了真动静,方从自己口袋里取出方帕,再取,是高倍放大镜。再取,是一双极薄手套,且白,慢慢戴停当,却又不动手,看我一眼,说一声,我要看了,一如大角出台叫板。两只手却只垂着,放在两腿上。他只把脖子转起来,左左右右地看,看到虎符上的一道老裂便不再看。亦还是不动手,看了这边又要看那边时,便对黄猫说帮一下手,黄猫便把虎符翻一下个儿。看过这边又要看合缝处,又对黄猫说帮一下手,黄猫便又把虎符掉个个立起来,放大镜这时派了用场,雪茄客便用放大镜罩住那几个字细看,另一只手只在腿上一横一竖,不用看是在写"与里中太守"那几个字。良久看完,摘了手套,收了放大镜。脸色忽然紧起来,不似刚才那样松脱。便再喝茶,黄猫把残茶泼了,又倒一回,雪茄客一口把茶水干掉,声音忽然细弱起来:"五万怎么样?"

黄猫在一边脸色突然一亮,看我。

这个数,来人把手伸过来,本拳着,忽然张开,五指上一黄一绿。大金戒上大福字,显得旁边一指上的翡翠忽然没了颜色。

黄猫脸上马上又一亮,却调细了声音对我说:"王老师这是你的东西,卖与不卖与我无关。"

"先喝茶。"我对黄猫说,"茶待会儿要凉。"

雪茄客手还在灯下伸张着,我说:"真好翡翠。"

雪茄客遂把手收起来,说:"这个数也不低了。"

我在心里忍不住笑起来,脸上却没有文章,一字亦无。只对黄猫说:"这东西我先收起来,回头你叫老周过来打过了小拓片再说。"遂起身把虎符收起,布袋锦盒层层把虎符护过。吩咐黄猫再换茶，遂进屋把虎符密藏了，再出来时把屋里那盘佛手端了出来，说："好香佛手，喝茶闻佛手。"便不再说虎符的事，又喝一回茶，雪茄客说晚上有饭局，有矿长请他吃盐煎羊肉。遂起身送他并不相留。从品字形沙发后绕到门口，雪茄客忽然从口袋里抽出南京细烟，这一回不再是萝卜粗雪茄，我用手轻轻掩了，说不会。雪茄客说这样的虎符他们那里的博物馆有十多个，并不是太稀罕的。

我在心里又笑起来，脸上却不见一丝涟漪。

出门时，我只默住嘴不再说什么，喝住小狗，雪茄客在前，我居中，黄猫在后。一出门，大家手脸都松开，说潘家园事，说现时假货多到让人腻歪，沉香也不能再玩，核桃怕是还要涨价，金刚菩提还是老的好。行于小区口，雪茄客忽然停住，说晚上不行由他来做东。我只说晚上有客不能作陪。

黄猫遂与来人离去，此时已是傍晚，小街上人渐多，黄猫和雪茄客一入人群瞬间不见，街灯已亮起来，一街的昏黄。

到了晚上，正在看国际篮球赛，生猛球员正打得昏天暗地，黄猫忽然又来了电话，黄猫说那雪茄客说再涨一万如何，话屁股后边紧跟一句，虎符是王老师的东西与我无关，卖多少也无关。过不久又来电话，又说价钱还可以商量商量，话后边又紧跟一句，东西是王老师的，与我无关。

我只对黄猫说，虎符我先慢慢玩起，新鲜劲还没过去。

黄猫电话里忽然静下来，随后说那人是个大老板。我遂记起他手上一黄一绿，便笑起来，说金戒指那么大难免与翡翠磕碰。

到了第二天晚上，雪茄客来了电话，说知我是学者内行。

我说学者与我无关，我只是一个写小说的，挣碎银子。

"我也只能开到二十五万了。"雪茄客鼻塞，电话里一连串喷嚏。

我却抑了笑，说博物馆的事，说什么时候有时间一定去他那里的博物馆看看那里的十多个虎符。雪茄客突然不再说话，再次喷嚏打起来，又一连串，怕是几十个也不止。

隔一日，给北京的朋友打电话求他刻一闲章，只四字"佩虎堂主"钤在画上，至今许多人不解，虎岂能佩？

虎岂能佩乎？

永和九年砖砚记

多少年来,鄙人习惯早起,这习惯源于家里养的那条小狗玻璃。由于这条小狗,你不得不早起,一到早上六点半它就会踅过来,把两只小爪子扒在床头。早上起来,第一件事照例是洗漱,然后是带小狗下楼,然后是去吃早点,给自己点一份,油条豆浆或是一颗鸡蛋一碟小菜一碗面条。而小狗永远是半杯牛奶,我喝一半,另一半给它。而我天天必去的那家卖早餐的地方就是"永和食府",之所以一年四季从不换地方,也只为了它叫"永和"。这便要说到王羲之的《兰亭序》,一开头便是:"永和九年,时在癸丑……"说到写字,小时候先是从描红开始,临《兰亭序》是后来的事。搞书法或写过几天字的人大概都会知道,王羲之《兰亭序》是写于永和九年,永和九年就是东晋穆帝的永和九年,公元353年。这一年的三月三日,王羲之与谢安、孙绰等四十一人,风流偶傥在山阴,也就是在今天的浙江绍兴兰亭,作文作诗，笔下各有所出，王羲之为他们的诗写了序文，其手稿，便是惊艳数千载的《兰亭序》。后人评王羲之此书："其雄秀之气，出于天然，故古今以为师法"。永和九年也从此被文人雅士们记在心上，这个年份，是因为有了王羲之的《兰亭序》而被人们记住了。

而时下的许多人，知道"永和"二字的，却是因为中国台湾的"永和豆浆店"，当然这豆浆店到了现在不仅仅卖豆浆，各种小吃店里也都有，甚至有我喜欢吃的鲱鱼子。而说到历史中纪年的永和，再说到永和九年，就让人不得不说到永和九年的古砖，而对于藏砖者而言，永和九年砖，若能到手，即是无上宝贝。而对于书法家或喜欢写字的人来说，能拥有一方用永和九年砖凿就的砖砚，那便更是一件大幸事。

书法对于许多中国人来说，是必修的一课。而研墨便是这必修课里的一部分。即如鄙人，几乎是天天如此。一吃过早饭，回到家里的第一件事就是研墨，坐在那里，把一整天要用的墨研出来，一边研一边想今天要写多少字，画什么或画几幅。我平时用的砚是父亲留下来的那方极其普通的紫色锅底端砚，如果不写大字，研多半砚池墨足够了。研完墨，接下来便是写字，把微微发黄的毛边纸取出来，先用淡墨写一遍，淡墨也就是用笔把研好的浓墨在一个浅的小水盂的清水里涮一涮，便是淡墨，用淡墨在纸上写一遍，再用浓墨写一遍，也只是为了节省纸。而那研好的墨也要在一天里差不多用完，用不完的，到了晚上再写写字，直到把池里的墨用得干干净净。古人把砚叫作砚田，我真是喜欢这种叫法，砚可不就是田，好字好画好文章都是从这里渐次长出，一如植物草木田禾。

砖的收藏，古已有之，说到永和九年砖，坊间流传的砖录著述虽多，而以永和九年砖的文字样式而言也不足十种。千甓亭主陆心源，藏砖之富，无人出其右，然皇皇巨著《千甓亭古砖图释》却无永和九年砖收录。冯云鹏《金石索》亦无录。阮芸台的八砖吟馆与张叔未的八砖精舍亦都未有永和九年砖入藏。考另外四位江浙藏砖大家的著录，查得永和九年砖十一块，但大多为相互转录或同坑同模砖。清嘉兴冯登府《浙江砖录》收录二块，砖文为：永和九年七月十三日、永和九年九月九日。清台州黄瑞《台州砖录》收录三块，砖文为：永和九年七月十三日桓公道丑岁作、永和九年王、永和九年王氏作。清台州宋经畬《瓴甋录》收录五块，砖文为：永和九年、永和九年王、永和九年王氏作、永和九年七月十三日桓公道丑岁作、永和九年九月九日作。以上三书收录之砖大都为浙江台州及附近地区之砖。清太仓陆增祥

《八琼室金石补正》收录一块，砖文为：永和九年七月十日。其中《台州砖录》收录的永和九年王、永和九年王氏作，与《瓴甋录》收录的永和九年、永和九年王、永和九年王氏作，皆为反文，此五砖为同模之砖，仅是残缺程度不同而已，皆出土于临海张家渡王庄山。而《八琼室金石补正》收录的永和九年七月十日，与《浙江砖录》收录的永和九年七月十三日、《台州砖录》收录的永和九年七月十三日桓公道丑岁作、《瓴甋录》收录的永和九年七月十三日桓公道丑岁作，亦为同一砖。《浙江砖录》收录的永和九年九月九日，与《瓴甋录》收录的永和九年九月九日作，亦为同一砖。故四部著录所收十一块永和九年砖，实仅为三种，即"永和九年王氏作"砖、"永和九年七月十三日桓公道丑岁作"砖、"永和九年九月九日作"砖，其余皆为此三砖的残砖。孙诒让《温州古甓记》收录了二块永和九年砖：一为"永和九年八月一日成也"；另一块较为别致，为错版永和，其砖文为"和永九年，孝子徐弘"，砖左右侧各四字。史无和永纪元，当为工匠误刻。而此误刻，颇令人心生疑窦，但亦难说其假，世上造假，没有这样造的。永和九年砖世上少见，而用永和九年砖做的砖砚就更少，更珍贵，更不易得。金农著名的《冬心斋砚铭》，其中所录九十四方砚，每方砚都被他一一做过铭，而就是不见有永和九年古砖砚。

说到古砖收藏，鄜乡的北魏司马金龙寿砖是古砖之中的名品，琅琊王司马金龙是三国时期司马懿的后人，后来北上去做了北魏皇家驸马，死后葬在古平城以东的石家寨。司马金龙之寿砖共有五种，以字的排列样式不同而区分，之所以说是寿砖，是因为此墓在司马金龙生前即修起。其墓被发掘后，墓砖都被从地下拆分取出盖了猪舍和修了水渠。之后二十年，其墓砖方被坊间重视，被人从水渠猪舍纷纷拆出或收藏或店卖。珊瑚堂曾收品相完好之司马金龙墓砖凡八十余品，其品相至佳者一如新出砖窑，绀青湛然，击之做金石响。比之丹阳王墓砖，虽同为北魏时期所做砖，精良拙劣相去甚远。曾送冯其庸先生一块品相极佳的，冯先生十分喜爱，一边摩挲一边说要用此砖做一方砖砚，还细细讲述怎样做砖砚，怎样用小米粥煮砖，又怎么用醋去泡它，到后来，也不知道送给冯先生的司马金龙砖是否被琢刻成砚。

而以我个人的经验而言，砖砚是只堪用来把玩，如果真要用它来研墨，即使是砖砚在做的时候怎么上蜡或上桐油都不如石砚来得好。用久了，砚池会被磨起砖粉，因为它毕竟是砖而不是石头。而那些收藏砖砚的藏家也大多只是把玩，而不会当真用它来天天研墨。如果真是用它来天天研墨，何以以桐油和蜡封之？

真想做一个晴耕雨读的地主

天津艺术博物馆藏有一方"永和九年砖"所制的砖砚，砖文为"永和九年七月"，与《八琼室金石补正》所录相同，已制作为长方形淌池砚式。砚背有清代梁同书所制砚铭："顽物千年遂不磨，不知荡躅几沧波。昭陵玉匣今安在，断甓犹传晋永和"。此砖清代钱泳《履园丛话》亦有记载："晋永和砖，余见者有两砖，一曰永和四年，陆谨庭所藏车氏拓本也。一曰永和九年七月十，下缺，张芑堂曾刻入《金石契》者也。梁山舟侍讲尝题一诗"。吕佺孙《百砖考》，亦无永和九年砖收录，但其所藏晋砖拓本中有永和九年砖拓，阮元《毗陵吕氏古砖文字拓本跋》中写道："试审此册内永和三、六、七、八、九、十年各砖，隶体乃造坯世俗工人所写，何古雅若此。且'永和九年'反文隶字尤为奇古"。此"永和九年"反文砖拓与"永和九年王氏作"反文砖，是否相同？当代出版的砖录著述中，殷荪《中国砖铭》收录的资料较为齐全，共收有永和九年砖三块，砖文分别为：永和九年、永和九年八月立、永和九年三月十日辽东韩玄兔大守领佟利造。但均未注明出处。古砖收藏，四处流转，本来就很难让人知道其出处。而民间往往又把墓砖视之为不祥之物，除了文人雅士们，很少有人把墓砖放在家里。

古砖收藏的兴起得益于清代金石考据学的中兴，而砖砚的使用在时间上就更短，砖砚质地再细也不能与澄泥砚相比，因为做砖和做澄泥砚在工艺上是不一样的，澄泥砚的出现早在唐之前，当时流行的风字砚大多是澄泥砚。鄙乡古平城，方方整整，东南西北四个城门，东城门恰临御河，当年做澄泥砚的作坊就在这条河边上。古平城到了辽代为西京，本地所出辽代风字澄泥砚后背就有两排字："西京东关小刘砚瓦"，是竖的两行字，每行各四字。此地所出土的辽代风字澄泥砚真是其坚如铁，敲之做石声。

　　做澄泥砚，必离不开河，取泥，是要用空的绢袋把口扎紧，再缚以石块，让绢袋沉入水中，要经过漫长的时日，河里的极细的泥土才会从绢袋的经纬线的缝隙里慢慢渗到绢袋里。直到每个绢袋都充满了泥，这种经过绢袋极紧密的缝隙过滤过的泥其细如粉，是细到不能再细，才是做澄泥砚的材料。古代的澄泥砚都是依此古法做就，离开河，澄泥砚就无从谈起；离开漫长的时日，澄泥砚也无从谈起。

　　河水澹澹，而那水中的泥土要从绢袋的缝隙里钻进绢袋，直至每个绢袋都涨满这种泥得要用多长的时间？有古籍记载秦砖汉瓦都是用这种方法取泥烧制，这种说法恐怕是以讹传讹，烧制砖瓦要用大量的泥土，不敢想象当年工匠们用这种方法从河里取大量的泥。但秦砖汉瓦的质地真是其坚如铁，其细如玉，之后的古砖古瓦都无法与之相比。

研究古砖，收藏古砖，以古砖制砚，与金石学的兴起分不开。金石学始于宋，在清代得到畸形发展，成为显学。而喜欢金石的人之中嗜砖者甚众，其中堪称大家的有阮元、张廷济、陆增祥、陆心源、端方、僧达受、吴昌硕等，而端方之收藏尤为出色。虽然当时古砖的出土量远不如现在，除浙江的湖州、台州等地的古砖出土量相对较多外，其他地区的古砖出土并不多，故阮元、张廷济等金石大家亦仅收藏八块古砖而已。且那时古砖的价格亦贵，有些砖难得一见，一砖便值数十两银子。即如永和九年砖，即使是上百两银子，也不见得想要就能立刻买到。

从二十世纪末开始，中国是举国上下大兴土木，尤其是新农村改造，使得千年古墓纷纷暴露于地表。故永和九年砖近年来屡有出土。近些年面世的计有七种不同字模的永和九年砖。过去市面上永和砖多见者不外是"永和九年十月十日、晋永和九年癸丑岁，永和九年七月二十五日、永和九年作、永和九年大岁在癸丑"。另外两种字样的，几乎没人有幸得见，出土的永和九年砖既少，所以为世人所珍爱。

西泠印社拍卖有限公司曾拍卖一块出于绍兴的永和九年砖砚，拍卖价为六万五千元，此砖砚出自绍兴吼山，砖砚侧面有

"永和九年七月"铭文。说明凿刻此砖砚的古砖为东晋时期物,距今有一千五百多年历史。清代文人将其雕成砚台,成为文人的文房四宝。以古砖制砚,自清朝始,经民国,至现代从未间断。并且在历场拍卖会上皆拍出惊人的价格。其原因是人们在收藏砖砚的同时收藏了文物,让人能够亲手触摸到先民的书法艺术。还有就是那些铭文古砖不仅记录了营造建筑的时间、地点、人物,而且还利用诸多的吉祥语言寓意子孙后代的吉祥安康。

再说到永和九年砖,主要出自绍兴,其他地区有,但极少见。绍兴一位金石爱好者在上虞乡下一农家猪舍墙上偶然发现了一截断砖,虽然是断砖,但字体很清楚,他便向老乡要了下来。此砖烧制于天玺元年,天玺乃三国东吴末帝孙皓的第七个年号,历时仅六个月,这个时期的纪年砖流传下来便十分稀少,以之制砚,其珍贵程度可以想象。

古砖的纹饰别具古趣,案头放一方古砖砚,在晚清,是文人雅士们的一种时尚,一种追求。而各种古砖砚里,永和九年砖砚对文人雅士们来说更是接近于一种梦想,可以想,但无法得到。永和九年砖之所以被文人雅士们看重,是因为永和九年砖砚和《兰亭序》同岁,还有就是著名的会稽梯形砚,一头宽一头窄,出自绍兴皋埠。此砖出土时,因为是墓砖,被人们认为是不吉之物，便被抛弃在路边，后来被一位教师发现后收下，再后来闻讯而来的砖石玩家又将此砖重金买下。此砖长十九厘米，上宽十厘米，下宽七厘米，厚四厘米，铭文为篆书，字体方圆并济，其风格与三国末期至西晋初期的书风相近，起笔方正厚重，运笔外方内圆，竖笔如同悬针。此砖的书法应该出自会稽山阴人手笔，是极具地方特色的书法体系，比之永和九年砖，似乎更加珍贵。

永和九年砖在清代金石学昌盛时期珍贵且不易得，而近年来"永和九年砖"却屡屡面世，其砖上铭文大多为"永和九年太岁在癸丑十月八日戊子草""永和九年作""永和九年造作"（反文）、"永和九年八月朱氏立""永和九年七月廿日""永和九年八月李南"（反文）、"晋永和九年癸丑岁""永和九年六月十七日作""永和九年六月廿六日造"（反文）、"永和九年"（残砖）、"永和九年十月"（残砖）、"永和九年"。

从砖说到砚，以古砖制砚虽然古已有之，但到了清晚期始达高峰。古砖砚与端砚比，好使的当然还是端砚，而砖砚的端然古韵又是别的砚无法与之相比的，文字与图案是古砖砚最让人心仪的，传世的砖砚多为秦砖、汉砖、晋砖。

秦汉魏晋砖年代久远，上多有图案文字，构成独特的古朴美和装饰美。砖的两侧或背面多有模印，有的是纪年文字，记述制造年代、地点、制作者姓名；有的是吉语铭文，寓意子孙后代吉祥如意；还有人物图像等，纹饰古朴简约，历史信息丰富厚重，极具观赏和收藏价值。这些砖质地坚密细润，宜于制砚。清代朱栋在《砚小史》中说："阿房宫砖砚为蜜蜡色，肌理莹滑如玉，厚三寸，方可盈尺，颇发墨"。

魏晋南北朝时期，皇家建筑制作的砖瓦更加精细，如三国时魏国曹操建造铜雀台，所用砖瓦、土料经过澄滤，加拌胡桃油、黄丹、铅、锡等添加剂烧制，质地非常致密，坚实如铁，不易破裂。用之为砚，细腻光洁，不渗水，发墨好，胜于当时陶砚。唐宋时期，秦砖、汉砖、晋砖纷纷出土，文人雅士们既惊艳于这些古砖的古意盎然，又喜其取材方便，往往稍加雕琢即成佳砚。但其时古砖出土量少，而嗜砖砚者甚众，所以价格昂贵，有时一砖值数十两银子而还不可得。文化人不惜重金搜购，磨刻成砚，一时竟成风气。有的人甚至将自己的书斋题名为"古砖砚斋"。阮元、张廷济各蓄汉晋八砖，即以之名其斋馆，一曰"八砖吟馆"，一曰"八砖精舍"。

近代书画大师吴昌硕亦是十分喜欢砖砚，其书斋收藏砖砚甚多，曾作诗曰："缶庐长物唯砖砚，古隶分明宜子孙。卖字年来生计拙，商量改作水仙盆。"吴昌硕斋中最有名的砖砚当属"吴黄武元年砖砚",此砖为友人金俯将赠予,吴昌硕得砖后改制成砚台,并在砚侧刻铭"壬午四月金俯将持赠。黄武之砖坚而古,卓哉孙郎留片土,供我砚林列第五。仓硕"。之后一直放置案头,吴晚年谈论书法的诗作中还说:"清光日日照临池,汲干古井磨黄武"。

民国时期曾任总统、世称海内藏砚第一人的徐世昌,十分喜欢收集古砖砚,还重金雇请砚工,将其所藏古砖瓦琢为砚台。清宫藏砚多多,而其中最早的便是汉瓦砚和汉砖砚,共四方,分别为汉砖多福砚、汉砖石渠砚、汉砖虎伏砚、魏兴和砖砚。当代书画家唐云也是古砖砚的收藏家,他的许多砖砚都是自己设计后请其友人与弟子沈觉初、徐孝穆、叶维忠刻制,如觉不妥,他甚至会自己拿刀进行修整,可见其痴迷程度。当代藏家中收藏古砖与砖砚最多的可能要数宁海童衍方,他出版的《宝甓斋集砖铭》一书中收录了他收藏的四十八方古砖,年代上至西汉,下至清代,以汉晋为多,其中许多古砖已改制成砖砚。

鲁迅先生在金石收藏、鉴赏上也颇有成就,北京鲁迅博物馆现存鲁迅收藏的历代金石拓片数量多达六千二百余张,仅次于他的藏书数量。正因为鲁迅先生喜好金石,他北京故居的老虎尾巴里位于北窗东壁下的书桌右角,放着一方砖砚,此砚的砚匣为天地盖式，也就是砖砚上下均镶有紫檀木板，上刻"大同十一年"字样，另两边刻有纹饰，按纪年可知，该砚用砖系南朝梁武帝大同十一年（公元545年）之物，距今已一千四百多年。

鲁迅曾亲自将砖文和纹饰拓出，一九一八年七月十四日在他的日记中写道："拓大同砖二分"，后收入他所编的《俟堂专文杂集》中，并在目录中注："已制为砚，商契衡持来，盖刻中物"。文中所记载的商契衡，字颐芗，浙江嵊县（今嵊州）人，是鲁迅在绍兴府中学堂任教时的学生，后在北京大学理科读书，与鲁迅关系密切，在鲁迅日记里曾多处提及，受到鲁迅的关照和接济，毕业后留任北京大学图书馆馆员。可见鲁迅所记载的这方约得于一九一八年的古代砖砚来源于今嵊州地区。

鲁迅喜爱金石，可见之于他的日记记载，说到此砖砚，日记中有紧急中鲁迅携此砖砚出走的记载。"曩尝欲著《越中专录》，颇锐意搜集乡邦专甓及拓本，而资力薄劣，俱不易致，以十余年之勤，所得仅古专二十余及打本少许而已。迁徙以后，忽遭寇劫，孑身逭逃，止携大同十一年者一枚出，余悉委盗窟中。日月除矣，意兴亦尽，纂述之事，渺焉何期？聊集燹余，以为永念哉！甲子八月廿三日，宴之敖者手记。"当时鲁迅拟编写绍兴地区古砖拓本集《越中专录》，一九二四年因与周作人夫妇发生矛盾，被迫迁出八道湾时移居砖塔胡同六十一号。六月十一日下午往八道湾宅取书及物品时，与周作人冲突起来，周作人竟然要举起铜狮子香炉投向鲁迅。鲁迅于紧急中随身抢带而出的古物只有这块大同十一年的刻中砖砚，可见鲁迅对这方刻中砖砚的重视和珍爱。而此砚虽放置在鲁迅先生案头，也未必是实用物，亦属文玩。

永和九年砖，就砖的质量而言未必能赶得上出土的秦砖汉瓦，但因为王羲之的《兰亭序》而为世人所重，其特点用前人的话是"敲之有声，断之无孔"，当然未必是古砖就都有这无比的精良。再说一句，古砖砚放在案头是用来把玩的，如果真正要研墨，恐怕它无论如何也比不上端砚之类。古砖砚虽然不堪用，却是文人案头真正的文玩，文玩的特点正在于它的不实用、不堪用，而只能把玩，世上器物一有用便是工具，没用而让人能够从中得到快乐才是真正的文玩。再说到永和九年砖，鄙人一直在寻找永和九年砖或永和九年的砖砚，当然目标是要完整的，放在案头大也不妨事，但至今还是一无所获。

永和九年砖难得，以永和九年砖制作的古砖砚更难得，正因为其难得，才足见其珍贵。人们之所以重视此砖，也足见人们对文化的景仰。关于这一点，又让人不得不佩服王羲之的《兰亭序》,如果没有《兰亭序》,哪会有这么多令人兴奋令人辗转难眠的苦苦寻找与等待。能得到一块品相极佳而又完整的永和九年砖,无论怎么说都是幸福而令人羡慕的事。

　　早上研墨,有时候会在心里不由自主地想,永和九年砖砚,永和九年……

辽代手镯记

吾乡高寒,一入九月便夜风刺骨。那天古董商高建国来,便烧羊肉喝烧酒,且把他带来要我看的那只古银手镯留下。男人的手镯自是大气,不比小娇娘东西只要纤细好看,这银镯只看一眼便让人心生喜欢。之后,当天晚上我便在画案的台灯下面用一块粗布将它慢慢擦拭要它亮起来,这是一只用四个细银管绞在一起做成的男式古银镯,样子十分霸悍好看,刚刚从高建国那里拿来时还忍不住站在那里戴了一下,感觉是要比戴世界名牌手表更好看,有一千多年的时光在里边。

镯子是辽代的,因为那个墓里还出土了两面镜子,一面直径有一尺多,光素且厚重,满布斑驳绿锈,被我送了朋友,要他拿去打通关节,那个朋友那时正在谋仕途的事,心事既重,人也日见黑瘦。另一面是小镜子,镜子边缘起极妙的一韭菜叶的宽边,上边有婉转的牡丹花纹相互交缠,亦是红斑绿锈,可以让它的主人放在巴掌上细细审视自己的容颜。想当年墓主应该是一个极爱美的男子，因为这个墓出土了他的墓志，让人们知道他的身份，知道他生前是一位大将军，亦是一条好汉，很年轻便战死沙场，想必是或身首异处，或身中数箭，或尸身马踏成泥块，让人想想亦是哀伤。

大同古时只叫"平城"，在山西最北边，再往北就到了内蒙古的乌克昭盟。一出山西界便可见大片的草地，如果雨水好，那草地便如绿色栽绒毯，一脚踏上去，走半天鞋底亦不着一点埃尘。辽代的时候大同是陪都，也叫西京。在这个古老的城市的历史上是从来就没有过宋代的，宋代的疆域往北到了宁武山的汾河源头那里便停住，且有长方小碑嵌在石壁上细细说明此事，那便是古时的盟约。再往北，就是辽代契丹人的天下。

大同这座古老的城市最大的一条河在城东，当年的河上通大船，可以把稻米和其他物资从南边辗转运到这边来，当然还有如云之美女和五彩丝绸。就是在这条河边，曾出土辽代的风字澄泥砚，上千年的岁月让它们坚如金石，以手叩之其声清越，砚背后的印记是竖行的两排楷书，八个字，真是铁划银钩："西京东关小刘砚瓦"。在辽代，大同是西京，其热闹可以想见，其战略上的重要性亦可以让人想见。城内有《四郎探母》中铁镜公主母亲萧太后的梳妆楼，高台阶的两层小楼，台阶下的门洞并排走得两辆车马，当地人只叫它"凤台"，大同八景之一的"凤台晓月"就是指这座梳妆楼。虽然那一弯被萧太后亲眼看过的晓月现在还在，而那凤台却早被人们拆除得片瓦不存，有人把砖拿回去做砚，据说极是发墨。曾见明代人用此砖做的砖砚，砚背刻有文字，专门说明此砖出处，细细读来虽风流蕴藉，却不免让人觉得明季文人的酸腐。萧太后毕竟不是一般女娘，不会像李香君那样任人轻薄，溅血的桃花扇也从没人见过，那也只能是一段风流传说舞台谑头。若香君果真一头撞去将血溅在扇子上，再好的丹青高手想必也不会有心情把它用笔点染成一株桃花！《桃花扇》写到此，是麻木酸腐且有十分的牵强！虽是孔尚任写就，我竟一点也不喜欢它。

那天晚上，我伏在灯下细细看这个辽代银镯，上边居然有刀砍过的痕迹。辽代的战争，是冷兵器时期，马背上的刀枪剑戟根本不知性命为何物，一时多少英雄好汉只好马革裹尸。金沙滩古战场就在大同的西南方，有朋友来，常常不耻下问地问起金沙滩，其实那只是一片一眼望不到边的平芜，灰沙蒿遍地，秋来风起，沙蒿满地随风乱滚亦如小兽奔跑。后来办了林场，种树的时候便时有古代青铜箭镞出土，还有别的兵器，刀剑之外且有可以把人脑壳一下子击碎的"骨朵"。这种武器前端是个瓜形的小铜锤，比拳头小，鄙人曾见过水晶的骨朵，更小，当是手中把玩之物，一如南方雅士们手中的玉如意。而铜的骨朵却多用来杀戮，配以降龙木的柄，一尺来长，即使是现在，带在身上，既可防身，又可把玩，即使上飞机过安检想必也不会有什么问题。据说古时骨朵还可以用来打猎。现在舞台上演古装戏文，皇帝老儿出来的时候须仪仗先导，执斧执钺，之外便是执金瓜，那金瓜其实便是骨朵。多少年来，我一直想收藏一品辽代的水晶骨朵或是铜骨朵，却一直没有机会遇到它。辽代玉不多见，多见的只是水晶，水晶在辽代又叫水玉，这名字便真是好听。

在灯下，细看辽代银镯，上面刀砍过的痕迹居然有五处之多，也许正是因为这个手镯，主人的手才没被砍去。那天晚上我在灯下对着《辽代出土文物图谱》细细把玩这个手镯，手镯是辽代物没问题。但不知道在辽代，人们是把它戴在左手还是戴在右手，所以第二天一大早我便去了华严寺。

华严寺分上院和下院，上院气派，下院清幽。下院的建筑多属辽代，青砖青瓦，平常之中的大气，且里边有十分著名的辽代雕塑。我去看雕塑，想看看那些千年之前的女娘和男人们的手镯都戴在什么地方。华严寺下院的合掌露齿菩萨是十分著名的，她的千年微笑动人之处是她居然对着这个红尘俗世露出她洁白的牙齿。见多识广的诗人郭沫若先生说她是东方的维纳斯，但我以为她的微笑要比维纳斯动人得多，是民间的那种美丽，只在眼前，一如春季牡丹，要的只是眼前的气味和颜色才好。而不是神的世界里的那种笑，远远只在云端。那天去看华严寺下院的雕塑，才知道辽代的衣饰首饰花样真是繁多，手镯之外还有臂钏，手镯是两只手腕上都有，不但是菩萨女娘，山门两旁的天王也这样戴法，手腕上是手镯，往上是臂钏。臂钏最早见于犍陀罗的雕刻，肥满的胳膊上都勒着赤金的臂钏，让人知道他们是有多么的健硕，想必整日大口大口吃的肥牛肥羊才会这般胖肥。不单单是在唐代，以肥硕为美是有道理的，贵族的仪态和生活方式历来是民间的一种楷模，吃得好，人便胖肥，这便是民间的理想，说来简单十分。

辽代距现在有一千多年，一千多年前的手镯不知会有多少故事，民间的讲究是这种东西阴气太重戴不得，而鄙人却偏要戴它一戴，戴之前，必要把它细细擦拭清洗一番，但因为它是四条空心银管绞扭而成，银管里边也要收拾一番，这只能去金店。想不到去了金店却是要用吹灯去吹它一吹，吹灯只是一小束青蓝之火，火吹到银管里边是既消毒又能把里边的脏东西吹出来。金店的朋友要我先坐在一边，然后倒茶上来，他先看看那银镯，却忽然兴起，笑嘻嘻只说古代的风流韵事，因他刚刚读过一遍《金瓶梅》，人还在兴头里，便不管辽代和明代地乱说起来，说戴得此手镯的女娘不知会怎样肥大，一般男子又怎能收服得她？我只坐在一旁不说话且喝茶，高建国也坐在一边喝茶，却催他快快收拾起来，不要只是说《金瓶梅》的事。

我们一边喝茶一边看金店的朋友收拾银镯，他将吹灯的火调小，鼓起腮帮慢慢吹起来，我却忽然看到银手镯的另一边"噗"的一声被吹出一小团纸灰来，我忙叫他停下，高建国也连连说"了不得，怎么会有纸灰出来？"我把那吹出来的一小团纸灰放在手心里细看，果真是纸灰。这辽代的银手镯，里边怎么会有纸灰？我让金店的朋友关了吹灯，命他用东西慢慢把里边掏它一掏。想不到却掏出搓得极细小已经被烧得差不多的一个小纸捻来，用手指蘸着点茶水润一下慢慢搓开纸捻，想不到上边居然有字且小如蝇头，是真正的蝇头小字，仔细看去，所剩无几的字能让人揣摩出写的原来是《心经》。我看看高建国，高建国看看我，我忽然觉得自己已经心酸感动起来，那样小的字，写在那样小的纸片上，再慢慢搓成一个小纸捻，然后再把它塞到这个银镯的细小银管里，千年之前的心思并不难猜，原来是祈求平安保性命，但银镯的主人还是战死在沙场之上。一时在场的几个人都愣住，想不到辽代的银镯里会有这般故事。真不知道那小纸捻上的蝇头小字是什么人写的。或是这年轻将军的夫人在灯下匆匆写就，或是这年轻将军的父亲一笔笔在他儿子临行时写成，每一笔都有千钧的祈愿，但只换得马革裹尸。

此辽代银镯用四股银管绞为一股，中间开口，两端比中间部位稍细，在金店称称斤两，竟然重三两八分，虽重拙却大气，但它还也只是银子，冷清清的一种气息，有时戴它出门，便觉有杀气，一个人在野外行夜路，七星在天，亦不觉害怕。总觉有一个人跟在我的身后，是古代的将士，个子也高，声气也重，人也年轻，虽黑瘦，两眼却亮，英气逼人。

山川旧影

后园

早就知道北京香山饭店是建筑设计大师贝聿铭的作品。据说当时设计香山饭店时,连里边挂什么画都一一设计好了,主要是挂赵无极的作品。后来因为饭店方面挂了别人的画还弄得贝先生很不开心。阴历十月后是看香山红叶的好时候,但我们去的时候是七月,当然无红叶可看。无红叶可看也好,不妨细细领略一下建筑大师贝聿铭那铺陈在建筑里的一片灵气。从正面看,香山饭店是江南味,但因为过了许多年,饭店失于修饰,总觉得建筑总体黑白硬是对比不怎么够,倒有些南洋味在里边。一进大厅给人的感觉很好,空间简直是不能再宽再高,那几株芭蕉树居然乐不思蜀,把厅堂当了自家故园长得欣欣向荣。

及至进了房间,才更感觉到香山饭店的不同,与别处相比,玄关真是气派,那么宽。坐在窗前的圈椅上,窗外阳台上的光幽幽地漫射进来,让人觉着时光也有一种诗意在里边。阳台上铺陈的居然是方块青砖,更加的中国味道,让人感觉就像是侧身在江南庭院的天井里。后来我把椅子搬到阳台上,干脆要了一杯好绿茶坐在阳台上细细啜饮。阳台外是好大的银杏树,有阳光,银杏的叶子便总是微微地泛出些黄意来,那黄黄的意思又总是让人感觉阳光的温暖,这就是银杏树的好处,也是贝先生的苦心所在。身居海外的人,可能会对中国的传统文化认识得更加刻骨铭心。

那天晚上,我突然失眠。是因为一只夜鸟的鸣叫,只是一只,在夜半三点的时候忽然叫了起来。这只夜鸟的鸣叫有很好的共鸣,叫声不是那种细细的,像玻璃划痕。而是比较粗,像是有水音,一声一声很空阔,咕咕咕咕,停一阵,又咕咕咕咕,停一阵,又咕咕咕咕。叫声让人想象林间的空阔和这只鸟的孤寂,又让人想象这一定是只大鸟。这只鸟就这样一直叫到天快亮。既然早就睡不着,我便披衣出去,好在天已经清亮了。

这真是一个如画的早晨。说它如画是因为我到了香山饭店的后园。香山饭店的后园其实不大,但因为作者善于借景,那后园便显得有无限大。后园的主体是一个湖,湖之北是两株一雄一雌对峙的银杏树,一东一西地相对着一如夫妻。树之间是白白的太湖石,应该是太湖石吧,因为周边及远远近近稠密的大树小树,那太湖石便如主角登场,显得格外突出。香山的树,何止是香山的树，只要一稠密起来，在色调上是暗的，如果选用了黑色的灵璧石便不会好看，选白色赏石正好对路。我沿着湖走，看了西边墙角的安排，两块太湖石，一株小松，衬着白墙，有画意。又到了湖北的太湖石那边，才知道后院竟是那样小，而又安排得那样巧，外边的景不用花一分钱都借了进来，让人只觉得香山饭店的后园有无限大，山势是层层叠叠地高上去，树也随之层层叠叠排向远方。湖之东，是小楼，上边爬着些常春藤，一笔笔很写意。就这样转了一圈，再回到湖的南边，心情不让自己离开，便坐在湖边的石上，继续品味贝先生的画意。

传统有时候并不是自负和陈旧，这在香山饭店得到很好的解释。

能用方块青砖、太湖石、白皮松和松竹梅在地上作画的人毕竟和只是在纸上挥毫的人不一样。我很同意陈从周老先生的意见：要想设计中国园林，不懂中国画根本就不行。

天渐渐亮起来，那只鸟还在叫，只是因为许多其他的鸟加入了它的合唱而显得不像夜里那样孤寂。既舍不得马上离开后园，我便又慢慢绕湖走了两圈，先是从西往北再往东，然后是从东往北再往西，慢慢走着，步履所至，一株树，一丛草，一块石都有安排，都是汉字，一个字一个字连缀起来便是诗。中国园林实际上就是诗，但要人肯去仔细读，光读还不行，还要会读。就这个香山饭店后园而言，贝聿铭先生是诗人，只是不知道他会不会用端砚、湖笔、徽墨在荣宝斋监制的宣纸八行笺上写旧体。

雁门关

国庆期间的长假似乎有些太长了，对许多人来说好像是无法打发这七天的时日。楼上的搓麻将声再次响起，我才知道已是半夜时分。因为是深夜，楼上的麻坛每一次重整旗鼓再筑长城都会弄出很大的声音。为了明天去雁门关，我把《全唐诗》草草翻了遍，并不是在找关于雁门关的史料，而是在找感情上的倚凭。唐诗中关于雁门关的诗最好的也是最不着边际的便是李贺的《雁门太守行》，纯是诗人的想象，奇特而让人有些摸不着头脑。但句子实在是好，一起句就惊人："黑云压城城欲摧，甲光向日金鳞开"。黑黄二色对比真是强烈。只这两句，引动多少人去雁门关的狂热。说到写实，还要数崔颢的那首《雁门胡人歌》。地形与边地风光在诗里都有交代，我最喜欢其中的两句："解放胡鹰逐塞鸟，能将代马猎秋田"。说到地势，其中的两句"高山代郡东接燕，雁门胡人家近边"，"代郡"就是现在的代县。雁门关现在隶属忻州,虽然离代县也不远。

秋天登雁门关正是时候,山道两边的杨树已经黄了,在秋天的日光里分外好看。说到写生,塞上的秋天最适宜做油画写生,颜色是那样厚,如果不是油画颜料,简直就无法表达塞上秋天的气韵。

雁门关的名气大,古时的秋防这里是最大的一个关口,但写雁门关的诗作却不多,原因可能是路不好走,地域既属边关,战乱频仍,当时的关是用来防敌,而不是让人们来这里怀古,古代战争离我们既远。用我朋友的话讲:我们现在来雁门,也只是从审美的角度来关照一下。

中午的时候,我们的车已经到了雁门关下,只是道路太难走,正在修,便徒步上山。交了二十五元的门票钱,却看不到门之所在。

往山上走,看到了道边想必是用来做梁柱的木材,大家猜想一番,都认为这山上不可能有此大木,下山的时候这猜想被证实没有错。

这几年,我一般不喜欢涉足旅游之地,一是旅游之地人太多,如菌如蚁;二是想象一落到实处往往会破坏已经在心里定格的意境。经验是这样的:哪里不搞旅游哪里还可一看,哪里一搞旅游便不可再看。这简直是一桩伤心事。

终于看到雁门关关楼了，与心中的想象相去太远，新修而小气，没有雄关应有的身份，斗拱细小而又有现代人的讨巧在里边，不能细看，远望一下也没多大意思。倒是那瓮城荒荒败败有一些意思，瓮城里满铺大青石，每一块都几乎有现在的办公桌那样大，被岁月打磨得十分有味道。出瓮城便是过去的关楼，看看城砖，应该是明代的遗存，但城门上没有门罩，又与明代城门形制有些不同。城门洞里的大青石亦是巨大而光滑，宁肯相信它是汉代物。到了这种地方是要访碑的，碑有十多通，但最老的不出明代。一出关门，西边是一座庙，往南，是一个台，台下是两个石旗杆，杆上边有斗，纤细而小气，是现代的作品。而终于看到关两边的长城遗存是爬上城楼上的事。城楼南北各逦迤出尚能让人看出一定规模的土堆，便是过去的长城。往北，是为了发展旅游盖的一道不伦不类的小墙，中间是门楼，很矮，两边的墙就更矮，这样的墙有还不如没有，令人遗憾良久。关楼是前几年建的，柱子上披麻灰已经大片脱开，是脱开而不是剥落，剥落需要时间，脱开是工艺太差。草草看了雁门关，我们便往下走，说草草，是因为你无法不草草，如细看便更让人失望。雁门关城楼上现在供了一尊佛，旁立一碑，写了些要求人们捐款的文字在上边,字写得还可以一看。

从雁门关下来,一路上看到只有齐人肩高的墙不墙、垣不垣的建筑,上边还做出箭垛子的形状,又让人哭笑不得。终于看到了一通捐献梁木碑立在那里,原来上山时看到的那几根躺在那里的梁木便是捐献单位捐献的,但立此捐献碑是不是为时太早?古人说行善而欲要人知便不为善。要立这样的碑也不是时候,等雁门关再次修好,那一通功德碑自然会立在那里,当代人的性子也实在是太急了一点。

这天晚上,读了读梁思成的建筑史,也是为了想找一找关于古代建筑方面的东西。夜深时分,记了几点想法在纸上才入睡。偏又睡不着。雁门关这样的古代遗址该不该修?怎么修?修它是为了发展旅游还是为了让人怀古?一时倒糊涂了。闭着眼安慰了一下自己,这本不是书生所想的事,虽然你失望而归。忽然又想起民间常说的一句话来:没有金刚钻,别揽那瓷器活。而我们现在的人却偏偏是"没有金刚钻,偏揽瓷器活"。受利益驱使。受利益驱使,聪明的人有可能变得更加聪明,而愚蠢的人必定会变得更加愚蠢。

很快就要到冬天了,但下一次不再看什么关。

井冈山漫记

我对红米饭的印象好像与《红楼梦》分不开。

《红楼梦》里写贾母把吃剩下的那半碗红米饭赏与下人,与红米饭一起赏下的还有半碟子胭脂鹅,二者都是红颜色,红颜色对红颜色,无端端地让人觉得有那么点儿喜庆。这个细节应该在《红楼梦》前八十回。

从小到大,吃过的米不知有多少种,小米不说,单说大米也不好一下子说清吃过多少种。好大米好像都出在北方,北方的稻子一年一收,天精地华,钟于一季,自然要比南方的两季稻要好。好的大米,可以说不用就菜,白吃也好。说来好笑,我至今爱吃的是酱油拌饭,必须是好酱油,米饭呢,也必须是好米饭。今年春天在韩国,碰到了好米饭,恰巧餐桌上的酱油也好,便吃了一碗又一碗,吃了一碗又一碗,竟比那边的海鲜还让人感觉好一些。好米饭首先要有米香,但现在有香气的大米好像越来少，看上去白且晶莹好看，但就是不香。粳米饭好不好？其实不好，米饭要用粳米和糙米掺和着来做，才好吃而且散得开，粳米的不好之处是太容易结成一团，黏黏糊糊，我最怕吃这种米饭。这种米饭没法子做炒饭。我家的习惯是做一锅米饭，最少要吃两顿，如果是头天晚上吃米饭，第二天早上就要吃淘饭，也就是用热水过一下，就萧山的萝卜干。萝卜干数哪儿的好，我认为还是萧山的好，北京的萝卜干也不错，但没萧山的那点甜头和那点脆头劲。北京的萝卜干是韧，而不是脆，韧可以锻炼牙齿，脆却可以给牙齿以快感，北京的萝卜干比萧山的有嚼头，一边慢慢嚼，一边慢慢喝酒，两条萝卜干下一小杯酒，喝酒要的就是这种慢节奏。吃饭的节奏就要比喝酒快一些，"呼噜呼噜"，一碗下去了，中间咬几根萝卜干，也要和这"呼噜呼噜"合拍，吃完一碗饭，抹抹嘴，该上学去了。

第二天早上如果不吃淘饭，那就一定是吃炒饭，炒饭没什么特别，加一个鸡蛋加一点葱花即可，但要米饭散得开。我没吃过红米饭，超市里有红米，但我从没想过去买来吃。及至到了井冈山，忽然就想到要吃一下红米饭，也许就是因为那首红军时期的歌。坐在井冈山的饭店里，窗外满眼是新绿，我们落坐的是井冈山上号称第一家的饭店，二楼，临窗。点了菜，然后就要红米饭，菜先上，吃两片腊肉，喝了点当地的酒，然后红米饭就端了上来，是有那么点颜色，但味道和口感却不怎么好，首先是黏黏糊糊，吃到嘴里是一嘴的皮子，多亏店家还备有白米饭，这顿饭才算交代过去。红米饭好吃不好吃，说实话真不好吃，让人想不到的是如此的不好吃，想想也只能是自己不对，红军当时在山上能吃到什么？当时能吃到红米饭已经很不错，想必井冈山上的红米饭与贾母碗里的红米饭并不是一回事，要是一回事，红军还钻到山坳里风餐露宿打的什么仗。

井冈山是绿的世界，土地几乎没有空闲，只要是有一片空地，就会长出各种的植物来。原以为井冈山也不过是山山岭岭，到了晚上，出去到夜市一转，吓了一跳，才发现井冈山的夜市热闹得不得了，是灯火辉煌，是人挤人，热闹二字在这里只可以用人挤人来形容。忽然就在街旁的店肆里发现了井冈山的名茶"狗古脑"，便马上买了来，回宾馆用井冈山的水一泡，好家伙，简直是很好，汤色和味道不比碧螺春差，而且耐冲泡，四五泡过后茶味犹在。这么好的茶，怎么偏偏叫了个这样古怪的名字："狗古脑"。一个"狗"字不行，还要再加两个字："古脑"。想来想去让人想不明白，但只觉着这名字亦好，有乡土气，有特点，倒比时下那些商业味太浓的茶名好得多，比如乌龙茶中就有"东方美人",好听不好听?不好听,美人和茶又有何干?简直是扯淡。井冈山的朋友说狗古脑若用粗陶钵冲来喝,味道会更好。

访随园

关于随园,首先是有一本《随园诗话》在那里。

《随园诗话》给我的印象并不好,印象中,随园主人太爱说大话,总在那里夸自己的诗怎么怎么好。后来又从朋友那里得到一本《随园女弟子诗选》,里边的作者都是女性而且还都是袁枚的入室女弟子,袁枚招收女弟子好像还有定数,竟不肯多增一名,也不愿少一个。这本书前边有序,说到某年袁枚一女弟子不幸早逝,方才又补足一名,这被补上的真是幸运!真不知郭沫若先生何以对《随园诗话》那样感兴趣!古代诗话太多,《随园诗话》也只平平,还不及他的《随园食单》好看。让人读了增食欲长髀肉,说到柴米油盐,人人都不会夸张到哪里去,《西游记》中的王母娘娘过生日也不过是仙桃美酒,《随园食单》的文字好在平实,文字一旦平实便可爱。

袁枚的《随园诗话》给人们提供了一条很重要的信息,那就是他说他曾住的随园便是《红楼梦》中的大观园，而袁枚是否读过《红楼梦》却又当别论。

随园既在南京，不妨一访。在元墓看过梅花，便逢人就问随园何在？路人匆匆而来匆匆而去，十之八九都不知道随园何在。既问不到随园，便又打问江宁织造府。有人说江宁织造府应该在江宁，便驱车前往，到了江宁，车停在街头，左问右问却又说织造府并不在江宁。只好又返回南京。到了南京，才打听到随园在南京乌龙潭一带。及至风尘仆仆地赶去，先是看到一带细水，还有架在水上的小小石拱桥，上了小石拱桥，便看到了那一带红墙，还看到了两尊汉白玉雕像，一男一女倚在那里认真读书好好学习天天向上的样子，看那服饰，分明是宝哥哥和林妹妹，他们手里的书便应该是《西厢记》。有了这塑像，这里想必就是随园了。再往东，便看到了周先生题的"红楼大观园"，再加之刚才路过的地名有叫"随家仓"的地方，想必这里真是随园所在了。曹家败落后，他家在南京的宅邸被后任江宁织造隋赫德居住，随园之名便由此而来。

站在被红学家们猜测为随园的乌龙潭的小桥上，让人多多少少有些感慨在心里。如果这里真是当年的曹家，其规模想必要比现在大得多。当年那皇帝再三再四地前来，终于让曹家负债累累，银子花得简直像流水，换取的只是账目上的亏损日多。站在乌龙潭西岸往东望望再往西望望，如果这里确是随园，也只能是当年曹家府邸的一个小小角落。皇帝既能在这驻跸，侍卫和尾随的官员杂役想必也不会少，光这些人的起居也得有不少的厅厅堂堂。从随家仓那里到乌龙潭，估计一下当年的占地还差不多。沿着乌龙潭的东南看看碑刻，大多是晚明遗存，想在上边找到一些关于曹家的只言片语，却不肯有。想想觉得自己有些可笑，《红楼梦》只是红学家和喜欢这本书的读者们的爱物，一般人谁又会关心随园的所在。袁枚之不读或无缘读《红楼梦》，也可以看出当时文人对小说的态度。小说毕竟是正经学问之外的东西，起码，在那个时代是这样。时至今日，小说更滥。

毕竟是春天了，乌龙潭边的老树上已经有了星星点点的新绿，那无形的香气，又让人感觉着蜡梅的存在。说这里不是随园，而附近又有随家仓，说这里是随园，而又没有一点点依凭，心里的感觉是上不着天下不着地。及至转到这潭的西边，才发现这潭现在是个放生池，而且专门放生龟类。放生是做善事，无论是什么时代，做善事总是一件好事，看着厨下蠕蠕然面对厨刀的生命在心里忽生不忍，花几两散碎银子让其不再变为盘中餐，看其忽归水域，悠悠然在水中游去真是让人觉得快乐。生命对人或对其他动物从来都只能是一次，岂能不珍视？放生池的西边便是所谓的功德墙，是为那些专门放生龟类的人立的，看了上边的文字却让人忍不住笑出来。上边一一刻道："某某某，王八一只""某某某，巴西龟一只""某某某，乌龟一只"。放生人的姓名与龟的品类均为竖刻，其中省略掉"放生"二字，直书"某某某，乌龟一只"。

　　游了一回传说中的随园，在脑子里挥之不去的却只是这堵放生墙。如不是故意这样恶作剧，或还有别的说法，国人的文化水平真是需要提高。

菏泽印象

从河南一进到山东便有了新的感觉。

一踏上山东的土地,就突然想到山东的大馒头和韭菜篓子。

山东馒头之好是出了名的,连周作人都在文章里写到山东的大馒头。山东的大馒头又大又结实。馒头其实和面包差不多,如果说有区别,那就是馒头来得更加本色一些,如果是新麦,那馒头就会更香。作为一个中国人,我好像还是爱吃馒头。一个馒头加一块白腐乳,再来一碗小米粥,其实就是一顿很好的早餐。山东还有一样食物就是韭菜篓子,其实就是包子,但比包子要高要大,里边的馅纯是春韭。和山东韭菜篓子可以相比的是扬州荸荠形的翡翠包,都素净好吃。吃山东的韭菜篓子最好是春韭刚刚下来的时候,秋天的韭菜谁还要吃它。六月的韭都会臭死狗,更不用说八九月。

菏泽古称曹州,据说是因为菏泽到处是沼泽,后来便更名为菏泽。还有一种说法是中华人民共和国成立前，国民党破堤放水，曹州一带变成了泽国而因此得名。但我还是喜欢曹州这个名字。菏泽这两个字有些费解，曾经有外国留学生问我菏泽是不是一个开满了荷花的地方，这倒是一种很有诗意的理解，从字面上讲有这么一种误导。荷花又名芙蓉，毛泽东有诗句曰"芙蓉国里尽朝晖"，就意境而言该有多么浪漫。应该说湖南才是开满荷花的地方。菏泽最出名的还是牡丹，不到菏泽，简直就不会想到偌大一个古老的城市，居然要国色天香的花卉来做主，如果没有牡丹，谁还会千里迢迢赶到菏泽东张西望？在菏泽，光是以牡丹为名的宾馆就有好几家。

菏泽给我的印象好像到处都是牡丹田，时值深秋，牡丹花当然看不到，牡丹的叶子也已经开始黄落。牡丹田里当然不会有游人，但是秋天舁植牡丹却正是时候，所以九月和十月间来菏泽的人也还不少。到了菏泽，一片连一片的牡丹田让我想起郑板桥的诗来："千家养女先教曲，十里栽花算种田"。因为手头一时找不到《郑板桥集》，好像是这么两句。当年在山西晋中玄中寺看明季牡丹，简直是给吓了一跳，净土宗祖庭的玄中寺里的牡丹有那么高！真是肯长，一直长到佛殿的檐头。花开若碗大，风一吹，花瓣飘飘，每一朵花瓣几乎都有半个巴掌大。有老太太在那里弯腰捡牡丹飘落的花瓣,据说是捡回去用面拖了煎熟了吃,有特殊的清香,是最好的素馔。同样是山西,太谷天宁寺的明代牡丹就矮小,种在寺院北边方丈室的窗下,几百年来始终不肯长过窗台。据菏泽花农说,越是名品的牡丹越生长得缓慢,虽是植物,却骄矜得很,有时候一年只会开一朵花,到了明年再看,还是只着一花。有这样的脾气,难怪惹武则天不高兴。又难怪让人喜欢。

傍晚时分,夜雾渐起,我们去了花田,掘了三株牡丹名品,一株是"昆山月光",想必是白的,一问,果然如此。一株是肉芙蓉,名字真是俗到十分,而且有那么一点肉感在里边。但据花农说,此花开起来却漂亮得不得了。唐代的杨玉环何尝不是这样,漂亮的事物总是包含了一定成分的俗,如果连一点点俗都不肯有,雅俗共赏便不成立。另一株是曹州红,是新培养出来的品种,花开正红,据说一点点都不肯让着花如火的石榴。我有一点点不敢相信,能有那么红吗?

菏泽的牡丹,好像都不肯往高了长,问了问随在后边满身露水的花农,花农说"要是长成大树就不是牡丹花了"。这倒有些道理在里边。因为是深秋,虽然看不到花却不能不让人想象花开时的景象。谷雨三朝看牡丹,那时节菏泽定然是一片花海,但游人也一定更多。我生性不喜欢人多，宁肯一个人静静对着一丛花。

想喝牡丹茶，却没有。晚上在牡丹宾馆的餐厅里就餐，菜肴一道道端上来都干净相，其中有一道小菜说来简单，就是水芹取中段，蘸了橙子酱吃，真是爽口，而且味道也特殊。在牡丹宾馆的晚上，随便翻书看，忽然觉着应该有一本《曹州县志》才好，每到一地都想看看本地的县志，这毛病怎么也改不掉。外边秋风又起了。想想玄中寺的牡丹，四百年来长那样高，要是拍卖，真不知会弄出个什么天价。这么一想，忽然觉得有些对牡丹不恭敬，便赶忙关灯睡觉。闭着眼睛，却满脑子里都是盛开的牡丹。

秦淮河

两次游秦淮河都想到了俞平伯和朱自清的文章，二位先生的文章说实话都腻得很，给人的感觉是，既没什么可写，还硬要写，又让人想到一句上海俚语：螺蛳壳里做道场。朱、俞二位的文章读过许多遍，至今还是不能喜欢，到了秦淮河，就更不喜欢二位的文章了。秦淮河是那么一条细细的河，被两边的河房紧紧夹着，河水是流动着的，但让人看不出，好像是被夹得太紧了，已经无法再流动。河房是粉墙黑瓦，对比分明，倒明快好看，只是挤挤挨挨，于缝隙中有红的灯笼闪出来，也让人感觉连那灯也想挣脱。去了两次秦淮河，总在心里想把印象弄得更清晰一些，但总不能够。秦淮河过去是卖笑的地方，现在是生意场，人挤人，下边是水的河，河两边是人的河，你挤我我挤你，这便是热闹。想想过去，未必是这样，可能要比现在清静一些？至少没有现在这样的商业气浓。也许还能听到调筝理弦的声音，一声一声让人觉出一些不着边际的文化余韵。

既在秦淮河,岂能不在河里荡一荡小船,人一下到船里,两边的河房便显得更加高了起来,人像是一下子跌到了谷底。可以看到两岸的人来来去去,络绎不绝,看来看去,不来来去去的人也都占据了河边看风景的好地方,在那里谈恋爱,他们便也成了风景中的风景,而河里船上的我们也成了他们眼中的风景。在这个世界上,谁都无法只做观众,看风景的便是风景。用手把着方向盘,因为船是电动的,不用去划那桨,也无桨可划。让船从西往南,再从南往西地来回走了走,终于看到了河边的人家,是吃晚饭的时候了,有人三三两两坐在通向河里的石头台阶上,端着碗在那里吃饭,在那里说话。让人想知道他们的故事。他们是一辈辈都住在这里?他们怎么看秦淮河?我们又怎么看秦淮河?仔细想想,秦淮河只是一段历史或一段传说,说它香艳,也只是文人的借题发挥,要是落在柴米油盐的生活上,是吃喝拉撒一样不会少,是各种各样的琐碎,是从天一亮就不得安宁,只有在深夜,那寂静的街道上,可能会有一只猫慢慢走过,或纵身一跳便消失掉。只有在这种时候,你才会想到历史原来竟然是这样,人生原也是这样。所以说文人墨客发发感慨还是一件好事,于商业的喘息中还能让人听到一些别的声音。这么一想,便又觉得朱、俞二位实在可以不朽，让人看了他们二位的文章在心里挂念秦淮河，给漫长的历史增添一段记忆。

坐在秦淮河边的河房里吃着一小碗一小碟流水样端上来的船菜，忽然觉得秦淮河真是琐碎的。就像是那不停被人拂动的挂在门上的珠帘，声音是琐碎的，光影亦是琐碎的，连那摇动也琐碎。这琐碎真是让人不太好收拾，能够让秦淮河凝固下来的似乎只有朱、俞二位的文章，和孔尚任的"桃花扇底送南朝"这让人伤感的句子。

燕子矶小记

好像是阮大铖曾写过一部杂剧，剧名的前两个字就是"燕子"，但不是"燕子矶"而是《燕子笺》。这部杂剧的文辞真是好，读之令人口角余香，真是让人不能因人而废文。燕子矶是南京的名胜，面临长江日夜不停澹澹流淌的江水，真是阅尽了人间沧桑。没有查过字典，不知"矶"字之原意是什么。以燕子矶的地貌特点而推想"矶"字之原意，可能此字专指小而突起状似小山样的地貌。说燕子矶是山，显然是太小，说它是岛，显然也还是小，既与陆地相连，而又延入长江，比岛小，而又远比礁石大，礁石是海中突起的石头，而燕子矶是陆地伸到长江里的一部分，这也许就是"矶"字的原意？

燕子矶上现在还立着一个牌子，上边写明要青年人爱惜生命，不要轻生。据说当年有许多青年想不开而从燕子矶上一跃投入那潺潺江水。从牌子那边绕过去，走近那可以迫视下边江水的危岩，下边的江水在燕子矶下激起阵阵白浪。凛冽的江风从下边卷上来，好像有江水的散沫袭人。燕子矶上多短松，好像是都很短，也短得好，起码我觉得是这样。小小的燕子矶上如果长太多太密太大的长大古松，燕子矶反会被湮没，不如就只长短松的好。

燕子矶曾是血染的，这一带江水曾因为日寇在这里杀人而满江红遍。当年的浮尸据说几至将江中航道堵塞，我们现在可以原谅日本人，讲中日友好，历史却永远不会抹掉它血腥的记忆。

燕子矶上刻石甚多，诗词歌赋亦不少，而最精彩好看的一首倒应该是朱元璋的《秤砣诗》，文辞率真几近市井俚语，气概却十分大，诗曰：

燕子矶乃一秤砣，
长虹做杆又如何？
天边弯月做钩挂，
称我江山有几多！

这诗也只能是由他来写，或者是别人写而硬派给他，在别人是说疯话，在他，轻轻松松说出来便是好看，写得出也当得起！

站在刻石前读这首诗的时候，忽然让人想起朱的另一首诗：

鸡一叫，尾一翘。

鸡两叫，尾两翘。

三叫唤出太阳来，

扫除残星满天明！

这两首诗是不是朱氏所作，确实是无处可以查对，民间传说总是不停地演义来不停地演义去，把红演义成绿，再把绿演义成红。名人的逸闻趣事多是从民间演义而出，但这首诗却能与朱氏的身份相称，拍电视剧倒能派上用场。但多多少少有些做买卖的味道在里边，以称斤称两而对大好河山未免有些煞风景，却仍要比毛泽东的诗句来得畅快："土豆烧熟了，再加牛肉，不须放屁！试看天地翻覆！"从古到今，好像还没有愿意以"屁"字入诗的诗人，一个屁字，让人真是不能喜欢诗人的毛泽东。

站在燕子矶上，望着那不舍昼夜的滔滔江水，让人心里一时有多少感慨！古来多少英雄都被这无情的浪花淘尽！

赤壁小记

有句话是"看景不如读"。我们往往是先读了一篇什么文章,心里有了美好的印象,然后才会一次次去寻找文章中写到的地方。赤壁就是一个这样的地方。

苏东坡的《前赤壁赋》与《后赤壁赋》没有读过它的读书人我想不会多,即使没读过苏东坡的前后赤壁赋,《三国演义》里火烧赤壁的故事我想知道的人一定不会少,即使不识字不读书,这个故事乡间野老也说得出。赤壁在湖北黄冈的北面,坐车一个多小时便到。原想此地有高山巨流,好让人去领略"山高月小,水落石出""乱石穿空,惊涛拍岸,卷起千堆雪"的境界,及至到了赤壁市,却不免让人失望。

这里是既不见高山,也不见大江滚滚。倒是能让人一路看到赤红色的石壁,但也只是矮矮的一道又一道,面对如此景致,怎么又能不让人怀疑这里曾是苏东坡与友人乘一叶扁舟饮酒达旦

"不知东方之既白"的赤壁。

及至车到赤壁纪念馆,虽然冬天刚过,纪念馆前的丛竹依然碧翠。下车,拾级而上,于道边石壁上先就看到了许多苏东坡的墨迹碑刻,居然还看到了一通复制的"乳娘碑",上边记着苏东坡乳娘的生平。然后,沿着台阶上到了山顶,便又看到了那座风神爽然的焚烧字纸的古塔,古塔已被近千年的风吹雨打消磨尽了斧凿之痕,却似乎更加让人感动,只这一塔,才让人觉得此处并不是现在到处可以见到的那种新古董。

塔在山顶之上,面临滚滚大江,说是山顶,好像是有错,这里原是不能叫山的,而是应该叫"矶",叫赤壁矶。沿长江上下,有许多处矶,燕子矶、赤壁矶、城陵矶、道士伏矶。长江一带多以"矶"为名,而黄河则没有这个叫法。矶的形状与山与小岛都不同,矶比山略小,且多石。就地形而言,一要临水,二要与陆地相接。站在赤壁矶上往西边看,让人不免又心生疑惑,那潺潺汤汤的长江水又在什么地方?赤红色的石壁倒是让人看到了,就在栏杆下边,如果河水从这下边汤汤流过,便会在赤壁下形成了一个平平的水面,当年那场战争为什么非要用火烧呢?让人想象不出。

赤壁矶虽非壁立千尺,而想要乘船攻克它亦非易事。站在石栏杆旁望着西边,竟让人是想怀古也怀不起来,想凭吊亦凭吊不起来。中国之大,往往会同时有几个相同的名胜出现在不同的地域。正在怀疑间,一起来的朋友告诉我,赤壁下边的长江水是由于二十世纪五十年代改道才不见了的,那一次改道,长江水足足向西移了有几里地。所以,下边当然是既看不到"惊涛"又看不到那"千堆雪"。此时此刻,站在赤壁矶上往远看,倒可以看到一线长江在西斜的太阳下闪闪烁烁。大自然真会开玩笑!

  黄冈赤壁矶不高,状似小山,山上多丛竹和杂木,有小黑鸟,在赤红的石上跳跳跃跃。赤壁西边,当年确应该是兵家坚守之地,滚滚长江江阔流急,而赤壁却以一矶突出在江面之上。赤壁矶的北面那一带水面相对平稳可以吐纳舟船,由于赤壁矶的阻挡,江水流至此便和缓下来,从这里上岸,对兵家而言的确是个好地方。倒退九百多年,当时的赤壁想必也不会高到哪里去,《赤壁赋》中的描写是诗人的创作,有夸张的成分,没有夸张的成分还能叫文学作品吗?黄冈多竹,这让我想到了王禹偁那篇有名的《黄州新建小竹楼记》。为了王禹偁的美文《黄州新建小竹楼记》,赤壁矶上或者真应该建一座竹楼,让人们在上边喝喝茶,赏赏有瀑布声的雨,听听有碎玉声的雪,岂不美哉?

鹿野苑下着一点小雪

　　荒凉而著名的鹿野苑石窟在北魏故都大同之西北，坐车去要半个多小时。大同四周的山大多荒凉，树少，石头多，夏天草木长，那些山离远了看，也只是像在元人的浅绛山水上着了些许可怜的青绿，只一点点。近几年城南边的山绿化得要好一些，一株株的松树长了起来，用它们的坚毅给人们的眼睛带来一些绿的欣然，但那绿毕竟还是少得可怜，让人们品味"春风不度玉门关"的怨怼。但鹿野苑毕竟不是玉门，春风来也罢不来也罢，鹿野苑的山峦和荒草一如故我，是石头们的世界，所以到处可见的是大大小小的采石场，开采石场的那些工友大概多不知鹿野苑为何物，竟然把鹿野苑西边的山坡炸去了一半。

　　和云冈石窟同时期且又保存着北魏早期佛教造像的石窟在大同原并不多，吴官屯石窟勉强可以算是一处，大大小小挨挨挤挤排列于运煤大道边，日日饱受往来车辆扬起的煤尘之苦，众石佛个个满面煤黑，一如诗人白居易笔下的卖炭翁。另一处石窟的情况相比要好一些，那就是鹿野苑。

鹿野苑没有人们想象的那么大，石窟在山腰之上，最大之石窟居中，两旁小石窟环列东西两侧。最大之石窟中现存造像三，中为弥勒，之左之右为胁侍，窟之外又有造像两躯，俱已风化难辨面目。本尊弥勒和胁侍面目已经风化模糊，但尤可让人从衣纹身姿领略北魏早期造像之动人风韵。

鹿野苑只可以说是在半山腰上开出的一个粗糙平台，台广东西不足九十米，南北则勉强有五十米，地方逼仄得很。南边，就是山沟，到了夏季发洪水，那里就黄水浊浊，真让人想不出当年献文帝来这里参禅时的排场。当年，他或许还要住在这里？想必是这样，鹿野苑离当时的京城并不很远，是在当时京城的西苑之中，这里当年是皇家的鹿场，有鹿没鹿也只在人们的猜度之中。据记载，献文帝来这里是为了坐禅，坐禅不单单是坐，而是一种宗教仪轨十分复杂的法事活动。做法事毕竟不是现在的学生的上课，四十分钟一节便可下课自由活动，做法事也许要一天，也许要几十天，山路崎岖往还不便，献文帝想必是要住在这里的。

但鹿野苑即使是一千五六百年前也盖不了许多房屋，太上皇出行，仪仗随员该要有多少人？侍卫又该有多少人？还要有负责起居的随员,还要有和尚,做法事不是一两个和尚能够办得了的事。还要有厨师,当时北地的和尚们都还在吃肉,想必个个吃得很胖,肉吃多了就要饮茶,但饮茶之风当时还没有浸润到北地,但鹿野苑既是皇家的寺院,民间饮茶之风虽然尚未大开,但皇家想必是得风气先,已经一碗又一碗地在那里饮着。想必饮茶时还用着当时从叙利亚进口的那种碧蓝的小玻璃杯,那种小玻璃杯子明蓝一如秋日的天色,大同以南的北魏古墓出土的那种杯子历经一千五六百年,其颜色至今看来依然是那么华美。还有那种馏金人物杯,杯子上的人物一律高鼻卷发,让人想象当年作为北魏都城的大同一定有许多从波斯和罗马来的商人或作坊,在那里烟火熏熏地工作着。但饮茶想来是不适合用金属的杯子,玻璃杯虽然珍贵,想必当年的鹿野苑会随时准备着几套,以备献文帝随时饮茶之用。

我们很难想象一千五六百年前北魏时期人们的饮食作风,但和尚们吃肉的事在当时是不犯戒律的,当时梁武帝的《断酒肉文》想必还没有传到北地的大同,所以想象中当时的鹿野苑还要随时栈养着肥肥的羊,以充人们的一日三餐。鹿野苑虽然占地小,但如果有佛事或其他活动,尤其是献文帝降莘此处,这里最少也得要有一百多人,光禁卫军就得有多少?如果真是最少要有一百人，这一百人别说是躺下休息，就是坐也要一坐就是一大片，鹿野苑没那么大的地方。地方虽然不大，但太上皇去的地方气派想来却不应该小。但鹿野苑现在给人们的印象却不仅是地方逼仄，而且遍地残瓦断砖。鹿野苑是个怀古的好去处，四周默然的荒山，瑟瑟红叶犹坠枝头的小乔木，这样远离市廛的山野，当年都发生了一些什么样的事？人们怎么会在这里开凿石窟？人们怎么会为它取了一个佛教圣地鹿野苑一样的名字？当年释迦牟尼在印度的鹿野苑第一次初转法轮时，会不会想到远离印度的中国在一千一百多年后也会出现一个鹿野苑？但中国北方的鹿野苑却分明不是一个讲经说法的好去处。

　　一九九五年正月十五一过，细细的小雪飘着，随朋友又去鹿野苑。也真是要感谢那些开山采石的人，让人终于能看到了当年鹿野苑寺院西墙的基石，黄砂岩大石料，每一块都有半米多大，一层一层砌在仄斜的山坡上，让人想象当年工人们的努力。那笨重厚实的大基石可以让人推想当年这里建筑的规模，想象之中也要远比辽之后降至明清的建筑气派大得多。

　　在石窟之东，又发现了大如小磨盘的柱础石，千年的风霜磨砺，石面斑驳，让人想到岁月的真正无情。一切回眸一笑百媚生的如花美眷，一切坚不可摧的百炼精金，一切削铁如泥的锋刃，一切柔肠百转的山盟海誓，最后换来的只不过是后人的唏嘘叹息和睹物伤怀。鹿野苑是个凄迷而令人感兴趣的去处，不仅仅是现在，一千五六百年前也想必让冯太后感到了惶恐和不安，太上皇去那里做什么？十八岁的太上皇是去那里参禅吗？佛无处不在，在东在西在南在北，何必非要去那荒山野岭中的小小石窟去和佛祖做无言的对话。

鹿野苑的碎瓦砾中，北魏时期的残瓦随处可见，瓦质黝黑如铁，敲之做金石声。石窟之上四个大挑梁石洞，黑黑的像四只睁大了的眼睛漠然地注视着来客。从西数，这四个挑梁石洞一、二、三、四，做竖长方形排列于主窟之上，正和云冈第三窟之上的挑梁石洞一模一样。从这些遗存看，鹿野苑占地虽不大，当年的气派却真是不小，今日之残存犹可让人想见当年之堂皇。但我想，应该在鹿野苑石窟处立一石碑，上边不妨刻"北魏献文帝参禅处"，让人们不要忘掉这些荒凉的远山里当年曾发生过的事情，也给研究北朝的学者们提供一个怀古的好去处。

一千六百多年前，北魏的献文帝既在这里参过禅，想必那两米多高的弥勒造像也就见过这位十八岁英俊的少年皇帝，见过这位二十三岁便撒手人寰的太上皇。《魏书》记载献文帝于十二月来过这里，没有特殊的事情，十二月来这里做什么？十二月的鹿野苑一派荒凉，想必那天应该飘着漫天的大雪吧，那样会更富有一些诗意。献文帝一行的马儿、旗儿、衣儿、带儿一齐在风雪里飞扬出一种美的律动，一齐在漫天的大雪里模糊出一种更为广远的风雪凄情。风雪可以使原本荒凉的山峦凭空生出一种诗意，动人的诗意不必非要在桃红柳绿画舫笛声小桥流水之间，最美最动人的诗意乃在于那寂静荒凉催人泪下的西风残照，汉家陵阙！我想当时更加荒凉的应该是献文帝的内心，十八岁正是一个人最雄心勃勃的年龄，献文帝却偏偏在这个岁数上让位于他的儿子孝文帝。

就环境而言，可以说鹿野苑是放逐罪臣的好地方，献文帝在这里是参禅还是被放逐？面对那浅赭色荒凉的群山，他会不会想到释迦牟尼安详而睿智的初转法轮？因为那初转法轮的圣地也叫"鹿野苑"，释迦牟尼初转法轮的鹿野苑到处开满了鲜花，迦陵频伽鸟在空中不倦地歌唱，让人们的心智之中充满了光明。而中国北方的这个鹿野苑却是风雪和石头与荒凉的世界……

鹿野苑是北魏时期留下的有数的几个石窟之一，现在的鹿野苑已面目全非，民间的修复热情对鹿野苑不啻是一场浩劫，不足一百平方米的地方现在竟东东西西地盖了钢筋水泥的房子。也许我们的古迹是太多了，石窟也太多了，所以不在乎？这也许是答案之一，但这种答案可能要对不起我们的祖先和后来者，难道后人就不会轻轻翻开《魏书》？

  鹿野苑是怀古的好地方。怀古真是一种很美好的心情。下着漫天大雪的时候来鹿野苑，山峦在风雪里一片迷蒙，迷蒙之中请你慢慢回眸，你也许会真正看到那在风雪里行走的矫健的马儿，还有那褪色的旗儿，宽松的衣儿，翻卷的带儿……

琴棋台小记

说句心里话，北岳恒山真没太多的好看处，只是松好，也只好在高大，树身像什么？每次去了总这么想，想来想去，想到石头，有一种红色的岩石，勉强和恒山的松树有些相似。恒山和其他许多名山比，显得空落，景致不紧凑，又多遭破坏，走老半天才看到一景，再走老半天，再看到一景。许多景也只能说是凑数，比如"果老岭"，那九个驴蹄子印实在说不上高明。倒是那松风有点意思，碰上刮大风，满山的老松树一起在风里吼起来，那可真是松涛，而且只有海涛可比，轰轰隆隆，有几分怕人。恒山的背山多桦树，很密，想必里边会有狍鹿之类，但究竟有没有，说不好。

真不忍心说恒山不好，山西之北只这么一座名山，你怎么好说它不好呢？它起码还有个让人心惊肉跳的"琴棋台"，从最高处的"会仙府"下来，是叫这么个名字吧？"会仙府"——神仙们开会的地方，那吕洞宾和铁拐李偏偏不爱开会，便开了小差，偷偷从会议上溜了出来，在那个叫"琴棋台"的地方下起棋来，竟一下就是千年！"琴棋台"位于"会仙府"下边的一个陡峭的石壁上突出的一块岩石上，一条石缝，手脚并用地爬上去，嚯！上边只是一块凌空突出的不足两米的地方，还不能直腰，要盘腿坐下来，石面上便有一张棋盘刻在上边。这块石头可真够险的，先是那风，别处没风，它这里却有风；别处有小风，它这里便不可能小；别处大风，它这里便会大得吓人，能在这里下盘棋，真是非神仙中人不可为之。

琴棋台下边是很深的悬崖，北边是石壁，南边是一片空阔，极深极远极开阔。坐在琴棋台上，真有群山来朝的意味。但你不是神仙，你只会觉得头晕，不敢朝下看。一句话，琴棋台真是神仙们才敢下棋的地方。在那上边下棋，一般的木质棋子恐怕不行，一刮风，棋子全没了，铁质棋子想必沉沉地还能抵挡一阵子，但去哪儿找铁棋子？琴棋台上所刻棋盘竟是象棋棋盘，而不是围棋？象棋在吕洞宾那个时代想必还没发明出来，围棋倒有，吕洞宾是残唐五代时人，他应该会写诗，下的什么象棋？偏巧吕洞宾是山西人，山西什么地方的人？起码不是大同人吧？我想。古迹所在地的名迹大多牵强附会，而那些制造假名迹的人又大多没什么文化,比如,那琴棋台上刻的是围棋棋盘,能让人们在上边下下粗浅的五子围棋,让人们胡乱想想吕洞宾和铁拐李到底是谁赢谁输,也不错。第一,琴棋台绝不会是唐代遗迹;第二,在这里弄个琴棋台似乎有些故弄玄虚。又不是演杂技,何必?倒是那上边两丛蓝色野菊开得真好,据说这种野菊可入药。

说恒山的松好,这话是不能让黄山的松听到的,若让黄山的松树听到是会有意见的。说实话,恒山的松又怎么能和黄山的松比呢?黄山的松多姿态,是风雨多变中与大自然抗争的产物,最宜入国画。这么说,难道恒山就没风雨了吗?当然,恒山的松树也直堪入画,但最好是油画,我以为。道理也简单,恒山的松树挺拔伟岸而少姿态。俄罗斯风景画家西施金笔下的松树就是那么个味儿:粗壮、挺拔、伟岸。肩并肩站在那里,棵棵都可以做栋梁的样子,要是黄山的松可以吗?黄山的松曲折而多姿态,美则美矣,却似乎只可以看,做栋梁行吗?曲里拐弯,想必是不行。

富春山小记

这次到富春江边,第一件想做的事就是看看富春江两边的山色。先是,白天坐车,外边正下着雨,从车里所能看到的山上都是层层叠叠的树,既看不到"斧劈",亦看不到"披麻"。到了晚上坐船再看,两边山色一如浓墨。第二天再去看富春山,满山的竹子和杂树让人觉得这里的绿真是好看,浓绿淡绿一层一层向天边推去,无处不是国画的意韵。朋友说若是有机会爬到山顶,从高处望望气韵独胜的富春山,也许差不多能让人领略一下黄公望笔下的意韵。

坐在山间亭子里,四处望望,真不知当年黄公望是怎样领略这一派大好山川的。富春山两岸的植被极好,让你根本看不到石头,即使上到山上,是否能看到《富春山居图》里的块块垒垒?也许你看到的依然只是各种的树和竹子。

我们行走在竹林间,诗人立波说黄公望的筲箕泉到了,就在前边。我当下就痴住，感觉上是在朝圣了。路左手的下边，那一道溪水在乱石间奔跳，水真是清澈，溪水旁分明是一井，离井不远处是一亭，亭子一眼便让人明白是现在的建筑，但我宁肯相信它就是当年黄公望的亭，也宁肯相信那是当年黄公望汲水煮茶的井。井很小，已被竹叶杂草拥塞，用竹棍探探，分明可以深下去。想象当年有人来这里探望黄公望，想象他们在筲箕泉边饮起茶来，饮茶间黄公望还把他尚未完成的《富春山居图》展开指指点点给朋友看。这么一想，眼前的景物顿时一一活起来，中午不觉多喝了些杨梅烧酒。

想象中筲箕泉应该是小小的一掬，怎么会是井？井与溪水之间相隔最多一米，古人会这样地凿井吗？会在溪水的旁边再开一井吗？我想，那口所谓的井就应该是"筲箕泉"。

黄公望的《富春山居图》是古典巨制，从小到大细细地临过几次，觉得《富春山居图》是写实，而不是四王的纸上山川笔墨符号。但如今要看富春山，我想也许还真要飞到天上去，航拍一样坐在飞机上朝下领略，领略这大好的——也许只能用国画来表现的山川胜景。

我甚至想，当地还真是应该开一个直升机航班，可以低低地飞，只为让天下人在天上看一下美丽的富春山。

乐山小记

游了两次乐山,一次下雨,是雨中游乐山,游人特别的少。

而另一次是不下雨,游人特别的多,是摩肩接踵地上再摩肩接踵地下,浑身大汗,没多大趣味。乐山是个好地方,首先是气势好,青衣江、九江两条大江在这里汇合,气势沛然!下到乐山大佛脚下,江声转壮,声可震耳,闭上眼,只觉耳际隐隐有雷声!我不懂地质学,不知道乐山的石质是什么地质时期的,又是什么石质,但只觉雨中是满山的"朱砂",到处是一片红,一走一个红脚印,一走一个红脚印。从上边一直走到大佛的脚下,打着伞站在江边看江水听涛声,心里只是佩服苏东坡,怎么会选这么好个地方来读书?有这样的江声山色,其文气怎么能够不雄阔可观!怎么能不比长年住在市井里的书生雄阔几百倍!

下雨那次去乐山,承蒙地方特派一条船,浮泛于江涛之上看了一回雨中乐山大佛。说实话,我不太喜欢乐山大佛造像的开脸,总觉扁平了一些,安详倒是安详,但几近睡去。倒是李可染画师当年画的那幅乐山大佛图给我留下很深的记忆,那幅画,是我知道乐山大佛的初始。

我喜欢在雨雪中游山看水,下雨下雪,一是游人少,可得清静,二是雪与雨可以使山水增色,古人说"云是山态度,月借水精神",岂不知雨也是山之态度雪也是山之态度。雪中游山,打一把红油纸伞,看远远近近的山一派银装素裹,动的是漫天飞雪,不动的是静静的山峦,但你站在那里看久了,会一时不知道是山在动还是雪在飞舞。我曾在恒山白云洞下的那一块巨岩上伫立看雪,雪和白云洞里冒出的冉冉雾气搅在一起,真让人觉得山有山的生命,是山在呼吸。虫蚁只可一伏一跃,而山川一呼一吸则为云为雾为雨为虹。

游山看水最不可选择节假日,那次在武夷山坐竹筏过九曲,真正是游人如织!导游一指对面山,说那里也是一景。我顺着他的手势看去,山上密密麻麻都是人,这密密麻麻的人都在朝着山上的一处寺庙移进,导游的一句话真是让人开心,导游说那一景叫作"蚂蚁搬山"。

游乐山,不得不看的是乐山凌云寺的楹联,最最好的一副是山门上的那副,两副八字,气势之大无可比方:大江东去;佛法西来。近年来我特别喜欢看精短的楹联，长楹联的写作现在好像是有越来越长的趋势，长楹联其实最不好写，写不好便似卖弄平平仄仄，想说的意思倒被埋没！天下好楹联多多，但大多好在一个趣字上，说到大气势却少，古往今来也就那么几联，对得好对得妙且让人心服口服者如"三光日月星，四书风雅颂"。真好！天地精神全在这十个字里边。这联语可与乐山的"大江东去，佛法西来"一比。不但让人视角开阔，而且能让人感觉到人类精神到达非凡境界时能够引起的震动！

　　游乐山，第一次去算是凑了一回热闹，赤日当空，人多如蚁，要排长队去看那大佛，前边的人挡着你，你想把他推开，你挡着后边的人，后边的人又想推你一把，实在是扫兴。不单是游乐山，游天下的任何名山大川都如此，话又说回去，你要会游就选雨雪之日，你别怕比别人多受那一点点苦，不如此，你得不到更多的乐趣。

　　再说游乐山，后一次游乐山坐船看大佛是一大乐趣，但扫兴的事也有，就是随导游去看了一下据说是某日大雨忽然冲出来的一个洞，下大雨冲出一个洞两个洞不稀奇，稀奇的是那洞里竟有一弥勒造像。这就奇了，那个洞不小，还挺深，那大肚弥勒笑哈哈地坐在那里，让人感觉大不舒服，一是此洞若果是被一次大雨冲出，怎么会冲得那样豁然？怎么洞中偏偏有一弥勒造像？而这造像又偏偏像一个人！弥勒的肚子大起来是宋以后的事，这种造像分明与乐山大佛不是一个时期。带着这样一肚子谜团下山，就像是吃一顿美餐，临收场一筷子夹出只苍蝇。

还去不去乐山呢？还想去，想法是，要在凌云大寺上住一夜，带本书在那里一读，且要读出声，伴着那青衣江和九江不绝的流水声。

壶口瀑布记

画山水难免不画瀑布,在印象中总还记着贺天健先生所绘的《庐山图》,那一线的瀑布从山顶凹处挂落,在画面上击起多大的云烟叆叇,如以油画或水粉表现则必无此生动气象。庐山香炉峰的瀑布也恰好给国画家做瀑布的典范,黄果树瀑布好不好,宽阔大势,但入画却没那一线之瀑来得好。九寨沟的瀑布也好,但其势也太大,我以为,瀑布还是要细细一线来得好,当然最好还要有一叠两叠三叠,如若笔直地一线下来,反会让画面看上去不舒服。中国画画云画水大多留白,用线勾往往有碍云烟缥缈之态。

山西陕西之间黄河的壶口瀑布我去了许多次,第一次去的印象最好,车爬上公路,我们不免一声惊呼,一条浑黄的大河出现在我们面前,在七月的骄阳上汤汤流动,满河的浮光跃金!那次去,好就好在远远近近几乎没有一个人,那种少有的荒古之气真是打动人。当时壶口一带还没被开发成旅游点,山西陕西两省还没对这地方你争我夺。既无游人,也没有什么旅游设施,你来到这里,只是和大河做最最朴素的交谈,看那浊黄的水在壶口处奔腾,怒吼,激起十丈浊黄水雾,你形容它是在那里敲响一千面战鼓也不为过。壶口的气势是先声夺人,才入山口,其声便大,说话不得不放大了声音。如站在壶口瀑布旁边,对面人和你说话,你只能看到他的嘴在张张合合,完全听不到他在说什么。

那次去,还听到了一个故事,说是一个诗人,为壶口瀑布的气势所感动,一下子从瀑布边上的一个被瀑布洞穿的水洞里跳了进去,想不到,这位诗人的命真大,没有溺水,而是从另外一个水中石洞里又浮浮然给冲了上来。我第一次在黄河里游泳,是在河曲那地方,下水的时候,心里的感觉简直是神圣极了,但黄河的水在河曲一段好像是没有想象中那么深,游出去三四十米,人还能在水里站立起来。还就是,一九八四年我和几位朋友去考察黄河,在黄河西岸的螅蛉镇坐船一直漂浮到下游,船行河上,船上的船夫忽然跳下水去推船,这简直让我大吃一惊,原以为不知道有多深的水实际上并不深,只是黄河之水太浊黄,水流之中又多如车轮之漩涡!黄河在中国,是最最伟大的河流之一,也是最最让人无可奈何的河流,它任性到一如孩子,五年一改道,十年一挪移，致使开封古城被黄河所挟的泥土淤了一层又一层，淤了一层又一层。我曾想，河南考古方面什么时候才能有计划地发掘一下，倒不是关心那些埋藏在地下的古文物，只想知道从宋代到现在，黄河水在这里淤积的土层究竟有多厚。

壶口之所以叫壶口，是写实性的，黄河流到这里猛地一收，像水被收到壶里，而要泄出去的地方却恰只是一个壶口，所以那河水才会猛地发起脾气来。站在壶口瀑布上，你感觉是山崩地裂之势，是一万头的卷毛狮子在那里奔腾狂吼，它们不是想往下游奔腾，它们是想奔腾到天上去！水在这里已不再是呈现水平状的流淌，而是在上下跳跃，如沸如煮。看遍壶口的摩崖刻辞，再看写壶口的那些文字，能将壶口瀑布之神韵很好表达出来的几乎没有。我以为，文字到了壶口瀑布这里是无力的，只有钢琴协奏曲《黄河大合唱》演奏到铿锵激越处，其气势才仿佛与壶口相近。

站在壶口瀑布那里，我常想，这该不该叫"瀑布"？我们看瀑布，一般都会用一个仰视的角度，而看壶口瀑布却是从上往下看，当然你也可以下去，站在下边看，所得印象只能说这是一段罕见的"急流乱涌"。我始终想不好用什么词来说壶口的这一段水，但有一点，它与瀑布有很大区别，但叫它什么好，我想不好。

壶口瀑布，从色调上讲，应该以油画来表现，从浓稠到不能再浓稠的那种感觉上讲，也只好用油画来表现。我最讨厌在壶口瀑布边上有那么多商业行为，我以为，这是对古老的母亲河的一种亵渎。我以为，什么时候，能把那些宣传广告和种种为牟利而做的设施统统去掉。在壶口瀑布万古不歇的轰鸣声中，几十架钢琴在那里一字排开同时演奏一下那首著名的《黄河大合唱》该有多好。

我个人最最喜欢的两首大音乐作品，一是《黄河大合唱》钢琴协奏曲，一是小提琴的《梁祝》。不知为什么，听《黄河大合唱》钢琴协奏曲，我不由得想到壶口！壶口是激越的，愤怒的，昂扬的，而且是抗争的，在战争年代是这样，在和平年代它也是这样，它永远不改地在那里轰鸣着，奔腾着，我喜欢它。

全书完